HOTEL
HOTEL

巴黎封城了

PARIS RÉDUIT AU SILENCE

寂静的巴黎

申赋渔 著

南海出版公司

新经典文化股份有限公司
www.readinglife.com
出　品

TABLE DES MATIÈRES
目录

PRÉFACE

序言

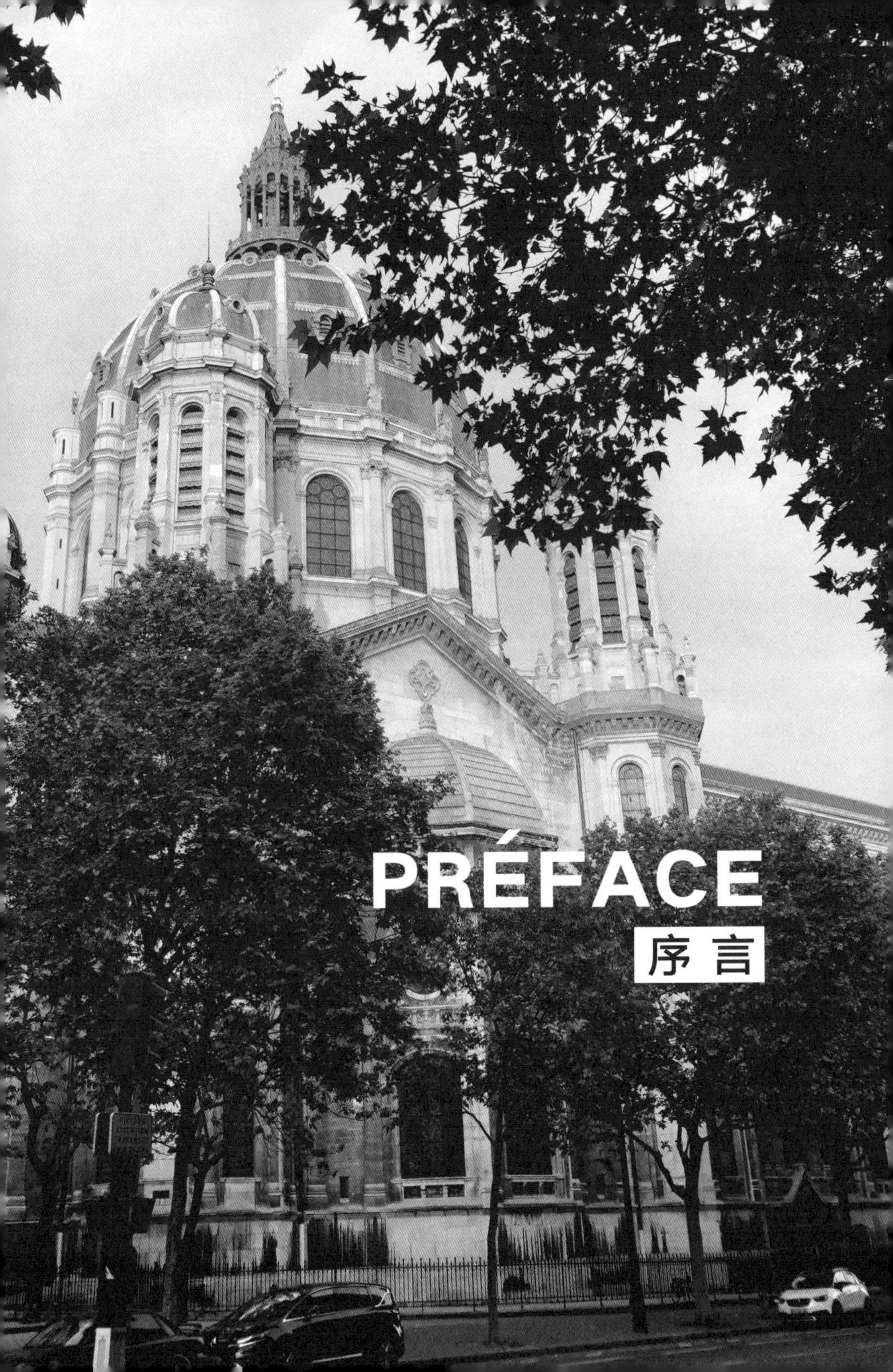

巴黎封城了。一部色彩绚丽的电影，突然转成了无声的默片。所有人都被囚禁在寂静当中。四周只有孤独、恐惧、悲伤和疯狂。

原本的巴黎，每一天都是热闹的，全世界的悲剧和喜剧都在这里上演，像一个永不落幕的舞台。海明威说：“巴黎是一场流动的盛宴。”病毒猛然袭来，喧哗的筵席散去。所有的店铺都关上了大门，所有的人都躲在了家中，阳光下的大街变得空空荡荡。巴黎沦入一种无声的寂静之中。

只有时钟的声音，嘀嗒，嘀嗒。那是病毒感染者和死者的数字在不断增长。新冠病毒像史前的大洪水，席卷了每一块土地，地球上超过一半的人，被关在家中。

病毒从冬天开始，淹没了整个春天，然后，又伸向夏天。它一浪又一浪，从一个地方翻滚到另一个地方，在一个又一个国家形成巨大的旋涡。病毒所到之处，人们手足无措，国家机器暴露出它们的愚蠢、虚伪与阴暗之面。病毒揭开了真相，袒露出隐藏的不幸，引发了情绪的爆炸与悲伤的传染。一些人在挣扎中活了下来，一些人在挣扎中死去。一些人挣脱病毒扼在咽喉上的手，发出了嘶哑的呼喊。

“我无法呼吸！”这是一个美国黑人被警察压迫致死前发出的呻吟。它是真实的声音也是抽象的隐喻。此时此刻，一股浩大的抗议和骚乱已经从美国蔓延到加拿大、墨西哥、澳大利亚、英国、德国、西班牙、日本，成千上万的法国人也走上了街头。人们仿佛已经忘记了正在大地上徘徊的病毒，愤怒使他们不再恐惧。

在此之前，病毒已经在全世界窒息着六百多万人的呼吸。而在病毒肆虐之前，贫困者，被侮辱与损害者，已经被日渐压得喘不过气来。病毒牵出了他们压抑已久的痛苦。

突然之间，病毒袭来，整个人类陷入沉默。地球从未如此寂静，连胆怯的小鸟小兽都感觉到了异样。这只是大自然按了一下暂停键。人类在这异样的安静中，感觉到了一种巨大的恐慌。生活急转直下，人群猛烈撕裂，阶层迅速分化，国与国猜忌、提防、敌视，于是仇恨与愤怒开始爆发。

冠状病毒使人类站在了一个十字路口。相互理解还是彼此撕裂？孤立自保还是国际联合？战争还是和平？巨大的寂静中，每个人都听到自己的心跳。

巴黎封城的两个月中，几乎每天都有阳光。这是阴郁的巴黎难得的一个明媚春天。然而这样的春天，所有人都必须待在家中。人们从来没有这样渴望同类，又害怕同类。因为四周房屋的阻隔，阳光从来照不进我的房间。只在每天的午后，阳光映在对面邻居的白墙壁上，才会反照到我的客厅。这是一种没有温度的亮堂，让人觉得活在一种不真实的状态之中。我们从来没想到世界会变成这样，可是我们却要准备长久地面对这个开始异化的世界。一切你以为是虚幻的，最终都会变得无比真实。

我每天都会打开窗户，呼吸外面的空气，倾听外面哪怕最细微的声响。巴黎封城后不久的一天，一只银灰色的鸽子停在我的窗台上。此后，每次我打开窗户，它就飞过来，站在窗台上，长久地和我对视。可是当我起身走过去，它就立即拍打着翅膀飞走。它每天都来。我一直尝试着接近它，而它永远都对我保持着警惕。在与世隔绝的两个月里，这只咕咕叫的灰鸽子陪我写完了这本《寂静的巴黎》。它陪伴着我，走进这个寂静的春天，走进巴黎人的生活，巴黎人的命运，巴黎人的历史。病毒像一面镜子，照出了太多的真相。人类再次面临着一场巨大的洪水，不知道鸽子会带来怎样的消息。

巴黎完全解封了，世界依然在剧烈震荡，鸽子每天还来。

NOUS SOMMES EN GUERRE

我们正在战争当中

巴黎封城，全法禁足。

晚上八点，法国总统马克龙宣布“戒严令”时，满脸严肃，像愤怒的恺撒。他连用了五个以“我们正处于战争之中”为开头的排比句。他说，我们正处于战争之中，我们的对手不是一支军队，不是一个国家，可是敌人就在那里。它看不见、摸不着，可是它每一天都在前进。在此情况下，我们必须全国动员。所有的政府机构都将转向疫情的战斗，其他一切都不能分散我们的注意力。

前一天晚上，封城的消息就已传遍了巴黎。邻居们第一次聚集在公寓的门厅里。葡萄牙女门房总是消息最灵通的那个人。住客们都在向她打探消息。她倚在自家门框上，手里拿着一只刚剥开的橘子：“明天就会宵禁。所有大街都有军队巡逻，装甲车已经进城了。”

“我们买菜怎么办？”住在零楼的美国妇人最为张皇，“冰箱里放不了多少。”

“超市会开的，在巴黎不可能饿死人。”房东冷冷地说。房东是犹太人，和她母亲住在公寓的三楼。她的母亲已经病了很久，每天来照顾的那个年轻护工就站在我旁边。

“可怜的夫人。”护工嘟囔着，脸上仍然挂着那种带点傻气的笑。她曾经好几次向我抱怨过这家人，只是因为这是政府委派的工作，她不能拒绝。巴黎即将封城，她终于有了离开的理由。

门房的丈夫没有卷入这个紧张的聚会，他用消毒液认真地擦拭着走廊里的门窗、扶手。不过所有人都认为他在作秀。唯一对他友善的是我对门的工程师。他搬到我们这幢楼不久，对谁都还不了解。在回到法国之前，他在沙特阿拉伯工作了许多年。我们都喊他钢琴师。他每天都会弹奏几曲。据门房说，他那架钢琴价值连城。

住在对面一楼的一对年轻夫妇，也走了过来。他们担心婴儿车里孩子的健康，一直站在人群的最外面。我们很少在公寓楼里见到，反而常常在附近的巴蒂尼奥勒公园里遇见。他们总是带着几个月大的小婴儿在那里晒太阳。我经常去那里兜圈子快步走。每次我们都相互问好，不过从来没有攀谈过。巴黎即将封城的消息，让他们相当焦虑。

神态最轻松的是住在我楼上的一对情侣。他们手挽手贴墙站着，不时地悄声耳语。男孩是房产公司的销售员，我刚搬来的时候，他就给我送过传单。他们睡觉很晚。有一天凌晨两点，我听到女孩坐在窗口哭泣，哭了很久。

沉重的聚会没有持续多久，所有的消息都是坏消息。新闻里不断地预告晚上八点总统有重要讲话。大家决定先去超市购物。

我担心马克龙讲话之后，会立即限制出门，于是赶紧上街看上一眼。春天转瞬即逝。

只有很少的店铺开着，其中一半还是违规营业。有人说，我才不理菲利普，除非有人找我，我是不会关的。菲利普总理蓄着斑白的络腮胡子，总是一副被人欺负后无可奈何的表情。一周前他就在呼吁商家尽可能关门，民众尽量留在家中。很少有人理他。大家同情他，却不怎么把他放在心上。大街上依然人来人往，可是脚步变得有些匆忙。行人当中，已经零星看到有人戴上口罩。甚至有人用围巾包上了口鼻。原先我们对法国人不戴口罩的猜测，显然不对。他们是真的买不到。政府今天声称，口罩很快就会送到药店。不过先供应医护人员。普通民众除非有医生的处方，不可以购买。

所有公园都已经关闭了。杜乐丽花园的入口也拉上了铁栅栏。里面空旷无比，透着一种清冷之美。一对情侣无处可去，只能坐在路边的草地上。男孩认真地给女孩弹着吉他，女孩笑得深情而妩媚。他们一定也已经知道，到了明天，就不能出来了。甚至见一面都变得非常困难。据说有十万警察和宪兵将上街巡逻。明天的巴黎，将是怎样的巴黎呢?

卢浮宫早已关闭。只有几个工作人员守着一个缺口，甚至牵着一条警犬。不过神情倒还安详，偶尔有人经过跟他们打招呼，他们也是满面笑容地回应。他们仍然没有戴口罩。我在街上遇到的十几个全副武装的警察，也没人戴口罩。难道，只有到明天才统一给他们发口罩?

大街上的救护车不时呼啸而过，比平常要多出好多倍。新闻上说，医护工作者已经连续十五天在超负荷工作。马克龙也说，医护工作者正在全力以赴。政府将租用宾馆和出租车为他们保障住宿与出行。许多医学院的学生、退休医生、自由医务工作者，正在咨询如何加入，一些已经加入。与中国一样，医护人员开始悲壮地冲向第一线。

巴黎已经开始出现谣言和慌乱。政府不断地辟谣：国家不会让任何一个企业面临倒闭的风险；国家不会让任何个人面临没有生活来源的风险；困难企业的水电气费用及房租将立即暂停；一切的信息都会透明，不会出现虚假信息。这是一个多少有些傲慢的国家，对它的制度充满自信，它的人民心底里估计也是，虽然表面看上去牢骚满腹。因此，美丽的花都近几个月每个周末都在这两个情形间转换：周六是对现实不满、游行示威、与警察“激战”的“黄马甲”，周日则是或坐或卧享受阳光的慵懒的人儿。前一天满目狼藉，第二天竟能立现浪漫祥和。看上去实在匪夷所思，却正是巴黎的日常。

我从卢浮宫沿着香榭丽舍大街，一直走到凯旋门，然后又沿着塞纳河岸往回走。我在新桥上翻看流浪汉丢在石椅上的小说，又特意走到巴黎圣母院前去看已经烧塌的屋顶。过了小桥，在莎士比亚书店前用手接着华莱士喷泉的水，水是凉的，甚至有一丝甜的味道。我怀着一种贪婪的心态，饥渴地享受着这即将失去的自由。

天黑了，路灯亮起来，路上的行人像被风吹散了，忽然变得冷清。最为热闹的“老佛爷”和“巴黎春天”铁栅栏锁门，只有附近一条给流浪者分发免费晚餐的小街上，还聚集着面容仓皇的人群。

拐角处有家大超市，我走了进去，虽然并不知道要储备一些什么。我很难相信自己的眼睛。平日里满满的货架像被洗劫过，空出一多半。地上洒落着番茄酱，显然是因为争抢摔碎了瓶子。各种口味的意大利面已经被扫荡一空，同时消失的还有各种罐头，以及卫生纸。整个欧洲都在抢购卫生纸，实在不明所以。在公众场合一向显得彬彬有礼、雍容揖让的法国人，留下这样的现场，很是让人震惊。巴黎的气氛的确变得紧张而惊惶了。此时超市里的人已经很少，人人在有些惨淡的灯光下，随手拿些东西胡乱地扔进购物车。这里既没有我要的大米，也没有我要的面粉，更没有我吃惯的蔬菜。

我居住的公寓楼里，每家的灯都亮了起来，这与平日大不一样。我早早地坐在电视机前，邻居们大概也和我一样，个个神经紧张，像在等待一场战争的爆发。八点整，马克龙准时出现在屏幕上："巴黎封城。法国已经处于战争之中。"事实上，关乎每个人的这场战争，早在数月前就已经爆发。

在法国宣布禁足的同时，欧盟、申根区的边境随即关闭。也许是怕突如其来的禁令，会引起海外法国人的担心与愤怒，马克龙宣布，所有在外的法国人，如果愿意，都可以无条件回到法国。在野的共和党表示，全力支持马克龙的一切举措。据说，马克龙在发表讲话之前，与萨科齐、奥朗德两位前总统通了电话。他需要所有人的支持。那么，总跟他拗着来的法国人，会因为病毒放弃自由吗？

2020.03.16

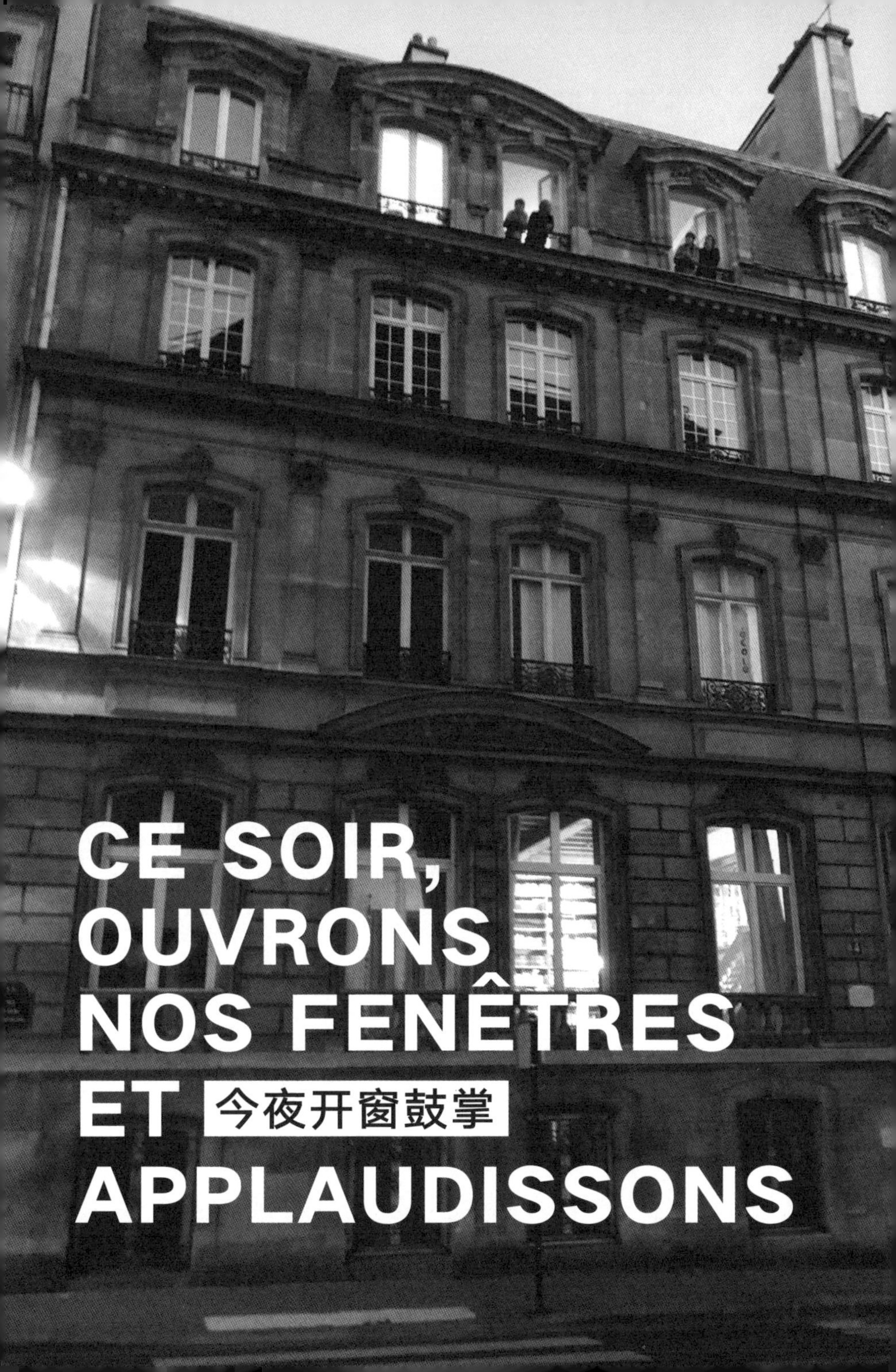
CE SOIR,
OUVRONS
NOS FENÊTRES
ET 今夜开窗鼓掌
APPLAUDISSONS

“叮！”我的手机响了，法国政府给每个人都发了一条短信，要求所有人待在家中，不要出门。

群发信息的同时，政府在网上公布了出行单。有五种情况可以外出。一是紧急不可替代的工作。二是购买生活用品。三是生病去医院。四是要去照顾生活不能自理的人。五是遛狗之类的短暂出行。的确，对于孤独的巴黎人来说，狗是极为重要的。狗是许多人唯一的伙伴。

下午三点钟，对门的工程师过来敲门，问我有没有打印机。因为出行单必须打印出来，在上面签字，并且写上出门时间才有效。

我忙完手中的事，打印了厚厚一叠出行单给他送过去，这是每天都要用的。谁也不知道巴黎会封城多久。

“这才是封城第二天。”工程师邀请我到他家坐一坐，“我担心接下来邻居也不能见面了。”

我是第一次到他家做客。他的房子有我的两倍大。宽大的客厅里放着他那架名贵的钢琴，墙上挂着十九世纪画家的风景画。

一些大大小小的摆件，显出阿拉伯的风情。他在沙特工作了六年。

客厅的茶几上有几个小碟子，放了切成薄片的香肠、圆形的小甜饼、腌橄榄和奶酪丁，都是日常的小零食。工程师开了一瓶葡萄酒："这是我在波尔多乡下过圣诞节时买的，是个小酒庄产的，名字你一定没听说过，不过味道很不错。"

"你为什么会去沙特？"闲谈中我问他。

"法国是一个很好的地方。如果没有法国人，就更好了。"工程师说，"我对法国的生活已经非常厌倦。我想去一个完全陌生的地方，换一种人生。"

"沙特怎么样？"

"不能说很有意思。除了工作，就在家里待着，什么娱乐也没有。噢对，有娱乐，赛骆驼。"他笑起来，"你绝对想不到骆驼跑得有多快。你也想不到，最优秀的骆驼，竟是被人选出来娱乐的。"

"有一天，我突然厌倦了法国的生活。厌倦到了想把自己杀死的地步，就去了沙特。还能怎么样呢？相当于把自己杀死一回，然后在那里重生。重生的重点是，你不能与过去有来往。所有认识的人都要切断。事实上，除了你自己，不会有人在意。一个人死了，还是消失了，都一样。"

他又给自己倒了一杯酒，看我的酒杯还有半杯，没有给我加。

"你看到消息了吗？晚上八点钟，大家开窗鼓掌，向医护人员致敬。”我说。

“法国人就是这样，喜欢做一些不费力又表面漂亮的事。鼓掌有什么用？医院的资源还是不够，染病了也只能在家里硬扛。口罩没有，连‘多利潘（Doliprane）’也限购了。他们总是用一些花哨的东西，来掩盖真实的丑陋。这只会让人觉得愚蠢。”工程师又给自己倒了一杯。

“多利潘”的限购的确引起了法国人的愤怒。在平常，这是医生们最乐意开的万能药。头疼、发烧、全身酸疼，或者不知名的疼痛，都用这个。几乎每个中学生的口袋里都有一包。如果班上有谁不舒服，恰巧身边短缺了，喊一声，就会有人给他递上一颗。这次疫情一紧张，人们立即想到去买这个“神药”，一下子造成了药物短缺。他们囤积“多利潘”正如我们囤板蓝根、双黄连之类，应激状态下人类的心理是共通的，无问西东。

等一瓶酒喝完，我告辞回家。四年前我辞掉记者的工作之后，就对外界的信息毫不关注。我甚至厌恶新闻。现在，我不仅不时地刷手机上的信息、上网看最新消息，还把电视开着。

电视上的景象，让我大吃一惊。十八区的居民们，依然像往常一样悠然生活。菜市场上人来人往，一样的挑三拣四、讨价还价。沿着墙脚，一排一排的年轻人，抱着膀子，站在那里嬉笑着聊天。警察过来驱赶，让他们不要聚集，他们就一哄而散。可是警察一走，他们又汇拢回来，仿佛觉得这个游戏相当有趣。他们就那样成排地贴墙站着，不知道在高兴什么。病毒也不能阻止他们享受这种谜一样的快乐。

禁足中有例外，例外也是法国特色。所有例外都出于人性关怀，却又被人性所利用。比如，遛狗可出门，购物也是。

圣丹尼的家乐福已经被人群挤爆（后来该超市一营业员被确诊为新冠患者），其拥挤的景象如我们元宵节的灯会。有人苦口婆心地劝解："你们到底在担心什么？是害怕病毒致死，还是害怕饿死？"真是灵魂的拷问。可是当人陷入恐慌，智力就会下降。

网上还流传着一个笑话，一个名叫巴特克的小伙子，在禁足的第二天就在自家门口贴了告示：我的狗概不出借，因为它昨天被迫散步二十次，快累死了！

相比较后面的情形，前面这些都成了小儿科。法国宣布一项举措，到正式执行，都有个时间差，目的是让民众有个准备。封城这个时间差，立即被许多人抓住，他们开汽车、乘火车、坐飞机，不顾一切地逃出巴黎。

电视屏幕上，巴黎通向四方的火车站人头攒动。蒙帕纳斯火车站的状况如同中国的春运，黑压压的人群像潮水一般涌上一条条铁轨上的火车。一个中年人对着镜头解释说，巴黎的居所只有四十平米或者更小，一家几口人，简直喘不过气来。他们必须到乡下去。有人住到乡下的休闲别墅，有人投靠亲友，有人租好了民居。据说巴黎有百分之十五的人逃去了乡村。然而乡下的人们气急败坏，他们痛恨这些从巴黎逃过来的人："笨蛋，你们会在火车站染上病毒。""乡下可没有大医院，还要用救护车送你们回巴黎。也许还要搭上我们。"

换一个频道，是从来没见过的航拍镜头。协和广场、埃菲尔铁塔、香榭丽舍大街，车辆行人稀少，呈现出一种巨大灾难之后的荒凉冷寂。然后就是晚上八点，屏幕上现出总理菲利普那张尴尬而疲倦的脸。女主持人火药味十足地责问他："卫生部长已经建议不要进行第一轮市政选举，为什么还是进行了？"菲利普言语支吾。在病毒肆虐之时，怎样辩解都显得苍白无力。

天色暗下来，原先很少看到灯的窗户也透出了亮光。再怎样操劳的人也开始留在家中。远处传来教堂的钟声。一扇，又是一扇，窗户打开，有人鼓掌。掌声并不响亮，也不热烈，掌声中，更多的窗户打开。掌声如潮水一般连接在了一起，伸向巴黎的每一个角落。

我也打开窗户，朝着夜空鼓掌，然后就看到对门的邻居也打开窗户。工程师一边鼓掌，一边点头向我致意。我忽然想到，其实每个人都在为自己鼓掌，一边驱除恐惧，一边寻找希望。

掌声渐渐停歇，有人发了一幅巴黎市徽的图案到我的手机上。一艘帆船正航行在波涛之上。下面写着一句拉丁文的箴言：FLVCTVAT NEC MERGITVR——历经风雨，永不沉没。

给我发信息的人，是对门的工程师。

2020.03.17

ET APRÈS

后来……

封城结束不久，工程师就来跟我告别。他说他要搬走了。

工程师搬家很仓促，房东希望他尽早搬离。房东自己要回来住。

工程师搬来我对门的时间不长，大家与他都不熟。可是在封城的两个月中，他的钢琴温暖了所有的人。他每天都弹奏两次钢琴。一次在下午，一次在晚上。所有人都和我一样，每天都在等着这个时刻。那一段时间，每个人都像在绝望的深渊中挣扎着，他的琴声，就像黑暗里的一抹光亮。让我们这些永不往来的住户们，心里产生了一种莫名的亲近，甚至发生了一些关联。

住在顶层阁楼里的那个女大学生，外出散步的时候，采了一捧野花，附了一首马拉美的诗，放在他的门前。这个细微的举动，却几乎让我震惊。这个女学生，一度曾是整幢楼里最烦人的住客。没有人喜欢她。她也不跟任何人打招呼。自从门房跟所有人神秘地说过这捧野花之后，再也没有人议论女学生的歇斯底里。疫情的确让一些人变得怪诞，同时又让许多人变得宽容。人性与病毒有时一样难以捉摸。

现在，工程师要搬走了。因为门房叫他工程师，所有人都这样称呼他。没有人知道他具体的工作。房东不知道，门房也不知道。我有时想，也许，他并不是一个工程师。当然，这无关紧要。

房东相当富裕，他几乎没来过对门的这套大房子。房子一直在出租。他自己租住在别处一个更豪华的房子里。他跟工程师说，他已经无力承担那座大房子的房租，只能住回家里。疫情改变了所有人的生活。

工程师小心翼翼地跟在搬家工人的后面，盯着他们手中的钢琴。钢琴是他家里最后搬走的家具。钢琴搬走了。他再也不会回来。我特意在公寓门口等他。我把一只从中国带来的青瓷茶杯送给他。杯底有一圈小字："可以清心也。"这句话可以循环读，读成五个不同的句子，简直就是一首神秘的哲理诗。我解释给他听，他像一个孩子一样笑起来。我只是想让他知道，在巴黎封城的两个月里，他每天如约而至的琴声，给与世隔绝的我们带来了怎样的安慰。他知道什么是孤独。

对门的房东，并没有立即住进来。工程师走了之后，他请了工人一直在装修。房东九月才搬进来。几次见面之后，我觉得跟他颇有点熟悉了，我跟他说，他的房客是一位真正的钢琴家。

"如您所说，他是一位绅士。"房东说，"他可以在这里继续住下去，他还是搬走了。他很在意自己的尊严。"

法国有一项法令。每年十一月一日到来年的三月三十一日不允许驱赶没钱交房租的房客，以防突然无家可归的人冻死街头。二〇二〇年，由于疫情，这个"禁止驱逐房客令"，先是延长到五月三十一日，接着又延长到七月十一日。对门的工程师，房租只付到五月。租约没有结束，他再也付不起房租。他可以继续住下去，他还是搬走了。

疫情后来又严重了，十月份，巴黎第二次封城，然后是历史上最为冷清的圣诞节和新年。二〇二一年的春天，巴黎依然在宵禁当中。一直没有工程师的消息，不知道他带着爱若性命的那架钢琴去了哪里。

LA MAISON OÙ NOUS NE POUVONS PAS RETOURNER
回不去的家

走在巴黎的大街上，我有两次感到恐慌。一次是混在黑压压的“黄马甲”游行人群中，一枚催泪弹突然从天而降，落在脚边。一次是今天晚上出门散步。

带好出门单和身份证，我打算快步走上一小圈就回来。两天没出门，的确有些烦闷。一向熙熙攘攘的圣拉扎尔火车站前，空空荡荡，只有几个警察在巡逻，没有人戴口罩，他们没有口罩。这是晚上八点，原本正是最热闹喧嚣的时候，宽阔的奥斯曼大街上没有一个人，没有一辆车。所有的店铺、咖啡馆、酒吧，全都闭门关灯，四周安静得能听到心跳。我突然生出一种莫名的恐惧，仿佛置身于人类末世的荒原。走到普鲁斯特故居的楼下，终于不敢继续向前。对面是赎罪礼拜堂，路易十六和玛丽王后上了断头台之后，遗体曾在这里存放多年。即便白天过来，这里也总是弥漫着阴森的气息。此刻它周围的一大片建筑树林，都沉在黑暗当中，像一个无言的深渊。我换了个方向往回走。

刚走几步，就看到两个流浪汉。一个仰面躺在大路边，一动不动。另一个蜷缩着坐在一家银行的门廊下，定定地望着我。这一天他们大概都没有吃饭。疫情渐重，原本给他们送饭的志愿者回家了。志愿者大多是退休老人，正是高风险人群。慈善组织呼吁年轻人站出来。有些失业在家的人响应呼吁，不过人手仍然远远不够。现在已经无法给无家可归者供应热饭，只能用塑料袋装一些面包、糕点、水果和饮用水，隔着栅栏分发。即便这样的饭食，也不是人人能领到。

流浪汉好像突然之间从大街上冒出了许多，到处都是。其实他们一直在那里。只是所有人都回家了，所有店都关了门，大街上只剩下他们，就显得很突兀。他们无家可归，无处可去。

很快，我就走回了我居住的伯尔尼街。这是一条窄窄的小街，刚够两辆车交错而过。街上除了一家日本料理店还开着门，所有的店铺全关了，整个小街显得昏暗冷清，甚至有些凄凉。亮灯的料理店为这条街添加了一丝暖意。店主是华人，姓马。我不常去，因为是同胞，也就比较熟悉。每次从他门口经过，他都会在里面朝我挥手致意。

店里的灯开着，却是大门紧闭。马克龙宣布封城后，所有饭店不允许堂食，只能外卖。我推门进去，想要一个号码，以备在断炊时能叫外卖。店里没有客人，也没有外卖的订单。老马看到我，格外高兴，一定要我坐一坐，说着从酒柜里拿出一瓶日本清酒。

老马陪我说话，他的妻子在厨房里收拾。刚刚大学毕业的女儿也在这里帮忙。现在无事可做，坐在柜台后面看电脑。

“房租太贵了，不敢停业，做一天是一天。”老马说。

妻子切了一盘生鱼片端过来：“天天忙，大年三十也没停，歇歇也好。”

“回不回国呢？”我问他们。

“好多年没回去，也想回老家看看。前段时间，国内疫情紧张，跑了几个药店，想买些口罩给老家那边寄回去，没买着。都被我们华人买回国了。我什么贡献都没做，现在这里紧张了，往回跑，不好。”老马笑笑。

“我们是中国人，回去有什么不对？”女儿在电脑后面，头也不抬。

“国家刚刚才好些，回去反而添乱。”孩子的妈妈尴尬地朝我笑笑。

二十多年前，老马就来法国了。那时他还年轻，柜台后面的那个漂亮女儿刚刚出生。他抛下妻子和几个月大的女儿，一个人来了法国。偷渡来的。

他先是到处打黑工，几年之后，才在一家日本料理店安下身来。老马能吃苦，人又聪明，两年下来，从帮厨开始，竟然成了这家店里手艺最好的大厨。料理店里的各样菜，他做得比日本人还地道。老板于是跟他签了雇用合同。有了这张合同，老马终于拿到了合法的居留卡。一番辗转，老马把妻子女儿接来法国。离别多年，一家人终于团聚。老马更是没日没夜地干，他要给妻女一个好的未来。

老马是去年才买下伯尔尼街上这家小店的。说是买，其实只是从上一家手里买下经营权，叫“顶”费。房租、税费都还是自己交。

料理店刚开张，我就去吃过一顿。原先不起眼的一家小餐馆，被老马整修得焕然一新。一面长长的墙壁上，满满地画着一幅巨大的海涛汹涌的浮世绘。另一面墙上请人用毛笔写了一首松尾芭蕉的俳句。

巴黎有许多家日料店，不过有一大半是华人开的。据说萨科奇当总统时，曾经公开抨击中餐馆如何脏乱差，一时之间，许多中餐馆门可罗雀。没办法，一些中餐馆摇身一变，改成了日本料理、韩国料理、越南料理。这样的餐馆，自然谈不上什么味道正宗。不过老马不一样，他在日本人的店里打拼多年，已经是十足的内行，每个菜都做得像模像样。也许是有这个底气，他们一家人在服饰上倒没有做刻意的改变。除了老马在头上扎了一根白带之外，身上穿的就是寻常衣服。漂亮的女儿更是穿着巴黎正流行的时尚裙子。特别是他们脸上的笑是那样亲切自然，一看就知道是自己人。

老马手艺好，人又精明，妻子、女儿干得也卖力，生意一下子就火爆起来。我每天从他门口经过，里面都坐满了客人。偶尔去吃饭，老马总要送一份新菜品让我尝一尝，再忙也要跟我拉几句家常。老马说，这么多年的积蓄，都花在买店上了。再干上十年八年，挣一笔钱，就到乡下买个房子养老。

“我想要一个院子，几亩地。老了，有个自己的地方，挖个塘养养鱼，种种菜。法国都是海鱼，蔬菜也不合口。你看我虽说开了个日料店，平时我们家还是吃中餐。小时候养成的口味，改不了。”

“有没有想过回国养老呢？”

“也想过。”老马叹口气，“回不去了。家里什么也没了。一片瓦、一分地都没有。你说，人就是好玩，兜了一个圈子，到临了，还是想过从前那种日子，养鸡种地，安安宁宁的。”

在老马的店里坐了一个多小时，这次他说什么也不肯收我的钱：“都这样了，也不差一顿饭。”

女儿想回国。老马夫妇担心她，不想让她一个人回去。回去了，生活不习惯，环境不熟悉，工作不好找。一家人在一起，总好些。这次遇上新冠病毒，小店是不是能挺住，老马心里没数。周围十几家餐馆全关门了，不论是法餐馆还是中餐馆。若是小店关了，法国留不住，回又回不去，接下来怎么办？“我不能想，也不敢想。”老马说。

“我们冰箱大，里面有鱼有菜。你要是不方便去菜场，就给我们打电话，几步就给你送过来。千万不要客气，谁让我们是自己人呢。”出门时，老马的妻子叮嘱说。

“一定一定。”我朝他们挥挥手。一家三口站起身来送我，灯光把他们的影子打在后面的墙壁上，像是墙上那首俳句的插画。

俳句自然是日文的，名字叫《小虫》。我第一次来吃饭的时候就询问过意思。老马说是女儿选的。那天生意特别好，女儿一直在忙着收银。父亲喊她好几回，她才抽空翻译给我听。因为隔着柜台，离我有点距离，她放大了声音，听起来像是在唱：

“落叶作轻舟，

随波逐浪江湖去。

何时靠岸头？”

2020.03.18

LA CATASTROPHE EST ARRIVÉE

灾难已经来临

中国刚刚经受的疼痛，现在来到了法国。在同样的灾难面前，痛苦没有更深或者更浅。人类的心灵是相通的，命运也是相通的。

“口罩，需要口罩。需要更多的口罩。需要非常多的口罩。”《世界报》发出急切的呼喊。法国只有医生有权拿到口罩。而每个医护人员每周只能领取十八只。每个医院都在呼喊：“口罩。”已被确诊为新冠患者的法国医生协会主席让－保罗·哈蒙愤怒地说道：“医生们彻底被遗忘了，他们没有得到应有的保护，他们会有可怕的伤亡。”

法国卫生部发言人说，我们每天生产六百万只口罩。而法国染病的人数，每四天就翻一倍。情况已经相当糟糕。三位法国医生，作为医务工作者团体的代表，已经决定起诉法国总理菲列普和前卫生部长阿涅丝·比赞。医生们说，他们曾经意识到危害的严重性，他们有行动的能力，但是他们选择了不作为。

窗外的阳光很好。对面一楼的年轻妈妈，推着婴儿车到院子里给孩子晒太阳。小小的婴儿一声不吭，不时地舞动着他的小手小脚。妈妈推着他慢慢地走着，一圈一圈。抬起头，看到我在窗口看她，朝我淡淡地笑了笑。笑容里没有喜悦，只有一种说不出的忧伤。晒足了阳光的小婴儿被妈妈推回家，一个从未出现过的年轻女孩，搬了一把椅子，穿着盛夏的短裙，坐到这里晒日光浴。她像躺在大海边的沙滩上，自然地伸展着身体，闭着眼睛，仿佛在听大海的涛声。这个院子只有四十多平米，平时大门紧锁，荒凉冷寂，像监狱放风的一块空地。没有风，什么声音都没有，只有围墙外面的火车驶过铁轨引起的震颤。

马克龙说，禁足时间很可能会延长。到哪一天呢？谁也不知道。我失眠了一夜，上午昏昏沉沉。我在犹豫着，要不要到外面走一走，透口气。我不会走远，就到几百米外的巴蒂尼奥勒大街上看一看。

我没有戴口罩。现在所有人都知道，拼命救人的医生是多么缺少口罩。出门散步就浪费一只口罩，良心不安。外面那么多人都没有戴口罩，警察、清洁工、司机、邮递员，都在“裸奔”。他们已经知道口罩的重要，他们没有口罩。他们仍然必须工作。

一个月之前，中国疫情紧急，我跑了周围五家药店，想买一些口罩寄回国内。可是跑了一圈，只买到十几只，只好拿回家，讪讪地放到抽屉里。大批的口罩，早被先下手的中国同胞买走了。法国、英国、德国、意大利、希腊的华人华侨在中国疫情紧急时，想尽一切办法，抢购每一只口罩，寄回中国去。他们几乎买空了整个欧洲。

现在，普通人连一只口罩都买不到。我们这幢公寓楼里，先是葡萄牙门房，接着是犹太房东，然后是我楼下的美国妇人，一个接一个在迫不得已出门时，用围巾把口鼻严实地包裹起来。这对于病毒而言，简直是笑话，可是她们害怕，她们别无他法。

成批抢购的华人们也没有口罩，没有人想到给自己留着。买来的口罩，全寄回去了。现在只能小心地躲在家里，尽量足不出户。谁也不好意思向国内的亲朋开口。刚刚解禁的他们，口罩也还没有摘除，不会有太多富余。有病毒的地方都需要口罩，全世界都在呼喊口罩。

昨天的一条新闻，引得华人界议论纷纷。美丽城一个中国人倒卖大批口罩被拘捕了。他囤积了一万五千只牙科医用口罩和一百三十三升消毒洗手凝胶。他说原本是要卖到中国去的，中国情况好转，法国疫情严重，于是就地售卖。有人指责他利欲熏心。有人说他违反口罩专供医生的法令，自食其果。有人骂他丢了中国人的脸。也有不少人说，骂他的人，都不是在这里生活的人。在法国到处买不到口罩的情况下，他能以 1.2 欧元一只的良心价为我们华人提供方便，算是大好人。随着病毒的蔓延，人群在每一个细微之处，开始了撕裂。人与人之间的理解越来越少，人与人之间的愤怒却在不断增长。

我的法文编辑爱娃给我打来电话。她严厉地指责法国政府：“谁都没有口罩，谁都得不到保护。所有必须工作的人，都像战场上裸露在毒气中的战士。政府的愚蠢，却要以牺牲我们的生命为代价。”

爱娃的丈夫在丧葬公司工作。他已经许多天没有休息。他的工作是结算死亡保险金。他整天在治疗新冠的医院、疫情高发的养老院和死者家属中奔波。他的好几个同事因为担心感染病毒，已经辞职不干了。他还在坚持。他说，有些事，总要有人去做。让人难过的是，他连一只口罩也没有。

口罩的短缺，只是人类对这场突如其来的战争手足无措的一个小细节。所有人都知道，一场巨大的灾难正在席卷而来。德国总理默克尔说，这是二战以来遇到的最大挑战。她说："病毒会无差别地影响我们中间的每一个人，我们需要去帮助每一个人。"她说："迄今为止，全世界既没有发现可靠的疗法，也没有研制出疫苗。"灾难已经来临，没有人能孤立存在。

太阳亮得有些晃眼，天气预报显示，接下的几天都是晴天，空气优良。可是每个人的心里都怀着恐惧，每个人都看到远处的风暴正在聚集，人人都只能躲在家中，仿佛那是最后的诺亚方舟。我孤身一人走在宽阔的巴蒂尼奥勒大道上。路边的榆树已经长出一簇一簇的榆钱，春光明媚的大道上空无一人。这是我一生中所经历的最寂寞的春天。巴黎没有时装，没有盛会，没有歌舞，没有音乐，巴黎毫无生气，像被时光遗弃的废墟。抬起头，远处蒙马特高地上的圣心大教堂清晰而庄严。这座自一九一四年建成以来，从来不曾关闭，每天为巴黎人祈福的教堂，今天关闭了。

2020.03.19

ET APRÈS

后来……

爱娃的丈夫被送到医院急救。

爱娃味觉失灵，高烧咳嗽，被确诊为新冠患者。

巴黎三月十六日第一次封城，五月十一日解封。可是病毒从来不曾离去，只是在暗暗地积蓄力量。几个月后，第二波疫情汹涌而至。十月三十日，马克龙宣布巴黎第二次封城。这一波疫情，比上一次来得更加猛烈，爱娃和她的丈夫猝不及防，被打翻在地。

此时，我的一本新书刚刚翻译成法语，她正在编辑。她打电话给我，说丈夫被救护车送去医院了。他正在工作，突然晕倒在公司。他太累了。他曾经是长跑运动员，身体棒极了。他不仅染上了新冠病毒，并且突发中风。他倒在地上，一动不能动。

第一次封城的时候，她的丈夫来我家看过我。因为他在特种行业工作，可以开车自由来去。他横穿过巴黎，给我送来二十只口罩。巴黎封城的第二个月，他们公司终于开始发放口罩。爱娃让他送一些给我。他把口罩放在我大门外的地垫上。他不让我开门。我们隔着门说话。从猫眼洞往外看，他满脸欢笑，显得精神抖擞。他是如此高大壮硕，我怎么也没想到，他竟然是我朋友里第一个染上新冠的。

一个多星期后，爱娃告诉我，丈夫脱离了危险期。不过还必须留在医院。康复需要漫长的时间。又过几天，爱娃突然发信息给我，她也染上了病毒。爱娃头疼、发烧、咳嗽，医生跟她说，在家休息。她的病情，还没有足够严重。医院已经超负荷运转，没有位置。医生唯一能给她的，只有“多利潘”。对于新冠患者而言，也只能用这种可有可无的安慰剂。医生也说了，除了调动自身的免疫力，别无他法。

我每天都在问爱娃的病情。她总是回我："还好。"没有多余的字。爱娃是坚强的，她一边关注着丈夫的生死，一边努力调整着自己的情绪，与病毒对抗。一个月之后，她才给我打电话。她说她好了，只是再也闻不到任何味道了。

"过几天，丈夫也回来了。"她说，"我们打算搬到布列塔尼去住。巴黎糟糕透了。"

二〇二〇年过去了，新的一年又开始。他们仍没有离开巴黎。巴黎就是这样，你恨她，可是又离不开。

UN TESTAMENT PAR AMOUR
遗嘱里的爱情

下午的时候，詹姆斯给我打了一个电话，说他已经立好了遗嘱。口气相当轻松，像是终于办妥了一件已经拖了很久的大事。

詹姆斯今年七十三岁，正是新冠疫情中的高危人群。他是我认识了好几年的朋友，住在巴黎郊区的一幢两层小楼里。我曾好几次到他家做客，都是他亲自下厨，每次的牛肉都做得很好。詹姆斯老家在英国爱丁堡。我偶尔不小心地说，你们英国人如何如何，他都很严肃地纠正我："我是苏格兰人。"

去年圣诞节之前，詹姆斯请我、我的《匠人》一书的法文译者郑鹿年先生及夫人去他家。正在吃饭的时候，他的电话响了，是视频电话。打来电话的是一位白发苍苍的老太太。詹姆斯激动地让我们每个人跟她打招呼，随后不顾礼节地把我们晾了十分钟。他跑到一边去跟她叙家常了。

这位老太太住在爱丁堡，比他大两岁，是他年轻时的女友。两人相爱了几年，不知道为什么闹翻了。詹姆斯一个人来到巴黎，做英语教师。这一待就是四十多年。两人各自成家，又各自离婚。孩子也早已成家立业。现在两个人都老了，女友腿脚不好，詹姆斯有肺病。一个人在苏格兰，一个人在法国，已经多年没见。

他们经常打电话，一打就是一两个小时。

女友今天打电话告诉他，爱丁堡的咖啡馆、酒吧、餐馆全关门了。苏格兰首席部长说，这是她有生以来遇到的最大挑战。英国已经感染三千九百八十三例。苏格兰感染了三百二十二例，死了六人。谁也不知道下一个是谁。

詹姆斯说："我们结婚吧。"

"现在结婚有什么意义呢？"

"我不会去爱丁堡见你，也不会有什么婚礼。我只是想在死之前和你结一次婚。"

日渐严重的疫情让两个人的心态都发生了变化。女友经不住他的纠缠，终于同意了。今天已经说好，通过邮件办理相关手续。

"祝贺你，詹姆斯。"我说，"这是高兴的事，你写什么遗嘱呢。"

"我没什么财产。只有爱丁堡一套父母留给我的房子，还有法国这一套我住的房子，我写在遗嘱里，都留给她。这样我突然死了，就没关系了。"

"詹姆斯，马克龙说要给巴斯德研究所五十亿欧元研制疫苗，中国、美国、德国都在加紧研制，很快就有疫苗了。"

"巴黎封城后，我每天在看新闻。每天都有人死。意大利甚至都用军车在运送尸体。这是人类的一场大劫难，我要提前做好准备。年轻的时候，她说要跟我结婚，我拒绝了。之后这四十年，我们都没再提过。现在，我应该请求她的原谅。”

“都四十多年了，哪还会生你的气。”

“我去巴黎的那一天，她送我上车，我一回头，看到她眼睛里全是泪。这一幕就像在昨天。今天她答应跟我结婚，我才知道，过了这么多年，她还爱我。”

詹姆斯挂了电话不久，郑鹿年老师就给我打来电话：“你知道詹姆斯要跟他女朋友结婚了吗？”

詹姆斯今天下午大概一直在打电话，告诉每一个朋友他要结婚这件事。

我给詹姆斯发了一张今天网上流传很广的照片。这是法国最著名的街头艺术家 C215，在“塞纳河畔伊夫里”的一面墙上的涂鸦。一对戴着口罩的情侣，深情地拥吻在一起。他们情迷意乱、旁若无人，他们超越了时空，印刻在灰色、粗糙、冰冷的墙壁上。

2020.03.20

UNE FILLE IMAGINAIRE

不存在的女儿

塞纳河沿岸关闭了，荣军院前的大草坪关闭了，埃菲尔铁塔下面的战神广场关闭了，杜乐丽花园也关闭了。喧闹的协和广场变得空空荡荡，只剩下孤独的方尖碑直直地刺向天空。

从我的住处到协和广场有两公里，我散步的时候经常会走到方尖碑，然后调头回来。来回差不多一个小时，锻炼的时间正好。而我楼下的邻居天天要去协和广场。我走路，她跑步。她六十多岁，穿着一身蓝色的运动服，扎着马尾辫，戴着一副深色墨镜，头上的棒球帽显得相当帅气，背后背着一只小小的双肩包。每次遇到我，她都笑容可掬地跟我打招呼。因为每天跑步，她身材挺好，脸上总是红扑扑的。

照法国人的叫法，我住在一楼，她住在零楼。零楼其实就是中国的一楼。三年前，我刚搬到这里的第二周，她就热情地来敲门，邀请我到她家去喝下午茶。客厅的地方不大，我们就坐在餐桌旁聊天。我们这幢楼窗户朝西北，对面又有一幢楼挡着，从早到晚晒不到太阳。加上她的窗口爬满了风车茉莉，屋里的光线就更暗了。她的餐桌上摆着一座枝形的铜烛台，她把所有的蜡烛都点上，映着旁边满瓶的一大束郁金香，显得雅致又浪漫。我们喝的是英国红茶，茶具也是英式的，她还准备了一碟橄榄和一盘扇贝形状的小玛德兰娜蛋糕。

女邻居是美国人，当时恰好特朗普刚刚被选为美国总统。她说她听到消息之后，大哭了一场："我为美国感到难过，他是个小丑。"她是一位摄影师，已经在巴黎待了三十年。我注意到她背后的墙上挂着两幅摄影作品。其中一幅是乌云密布的海滩上，沙子半埋着一具大鱼的骨骼。另一幅很抽象，充满了乱七八糟的光线，看不出是什么。我礼貌地赞美了这幅鱼骨照片是如何深刻。她说她也喜欢，是从旧货市场买来的。另一幅是她自己的。下午茶吃得很愉快。我邀请她下周六上楼，到我家来喝一次中国茶。

在我家的这次下午茶，我们聊得更多。她说她女儿在美国驻法国大使馆工作，她每天都会去看她一眼。"我喜欢跑步。我每天的路线是从家到大使馆，正好看一眼我女儿。如果不是女儿要在这里工作，我早就回美国了。我直率地告诉你，我不喜欢巴黎。这里的人太冷漠。谁都会跟你说 Bonjour Madame（您好，夫人），热情地拥抱你，行贴面礼。其实心里谁也不理谁。"美国大使馆在协和广场的西北角，铁栅栏外面总站着好几个持枪的士兵。他们肃穆的神情，与周围散漫快活的巴黎气息格格不入。每次从他们身旁走过，我都不由自主地加快脚步。

之后，我们经常见面，有时是在路上遇到，有时是在家门口碰见。还有一次是在协和广场边上擦肩而过。遇见了，都微笑着说一声：Bonjour。不过再也没有到彼此家里做客。时间过得真快，一晃三年就过去了。我们这两个外国人，也像她所说的法国人那样，彼此都很冷漠，谁也不在意谁。

巴黎突然就封城了，所有人都禁止出行。不时有警察在街上巡逻。我烦躁地从窗口向外张望着，对面楼上的窗户也一扇扇打开，一个又一个从未见过的邻居，长久地沉默地站在窗口。附近的罗马街、圣彼得堡街、巴蒂尼奥勒大街突然变得静寂无声。只有警车、救护车偶尔拉着汽笛飞掠而过。

我们楼下有个封闭的小院子，大概四十多平方米，四周都被墙围着，看不到外面。除了门房十天半个月来清扫一下，从早到晚都锁着。封城之后，门房把锁打开，让住户偶尔到里面透一透气。有时候有年轻的母亲推着婴儿车在里面徘徊。有时候一个络腮胡汉子会端一杯啤酒来发一会儿呆。还有一位老人，每天傍晚都会来这里抽一支雪茄，抬头看天上的晚霞。不过所有这些人都只有下午才来。整个上午，这里都被我楼下的女邻居占据了。她在里面兜着圈子跑步。

她依然穿着运动服，扎着马尾辫，戴着棒球帽。我在楼上看她跑了几圈之后，就被她绕得头晕。她跑得并不快，可是很有耐心，一圈又一圈。据说法国图卢兹的一位男子，因为禁足，在自家七米长的阳台上跑了六千圈，花六小时四十八分，跑完了一整个马拉松。女邻居显然没有这么夸张，可是一整个上午，向窗外一抬头，就看到她这样没完没了地跑，总觉得怪异。

前天下午，女邻居跟我们的葡萄牙门房吵了一架。她和门房在门厅里说了一会儿话，刚回到家就又冲出来，说钱包不见了，一定是门房拿了，要她还给她。门房被逼无奈，打电话报警。警察没空理她们。我在楼上听她们吵了一小时。最后不了了之。

我对门的工程师，每天都弹钢琴。如何高难的曲子，他都弹得如行云流水一般。在他弹琴的时候，我都会打开门，让琴声更清亮地流进来。封城的这几天，他弹琴的时间更多了，下午、晚上各弹一次。我们简直生活在美妙的音符当中。昨天下午，楼下的女邻居忽然跑上来敲他家的门，指责我们这位钢琴家："你弹得这样糟糕，真替你害臊。请你不要再制造噪音了。"钢琴声像被刀划断一样，一直到今天也没有再响起。

我习惯于晚上写作，昨天夜里又工作到凌晨一点。关了电脑，起来洗漱。因为住的是古老的楼房，地板已经老旧，走起来总要发出一点吱呀的声响。整幢楼都这样。门外突然有人使劲地按门铃。我不知道发生了什么，赶紧擦了擦嘴上的牙膏泡沫，去开门。还没走到门边，外面的人又嗵嗵地用手打门。许多朋友都警告我，不能随便给陌生人开门。据说最近曾有人穿着白大褂入门抢劫。我从猫眼洞向外看，是我的女邻居。

她在责骂我，说我半夜里吵她，会让她死掉。我没有开门，她就一直在门外大声数落着。过了五六分钟，她才下楼。我心有愧疚，毕竟大半夜影响了别人，于是赶紧蹑手蹑脚上床睡觉。今天上午起床，拉开窗帘，我的女邻居又已经在下面跑步。

下午四点多，我打算也到院子里走一走，透口气。打开门，发现门上被人用塑料胶带绑着一只气球。气球上写着："安静！！！"我拎着气球下楼，打算扔到天井的垃圾桶里。门房站在家门口，她总是站在这里，跟进进出出的人打招呼。气球吹得很大，上面的字是用粗黑的油墨笔写的。门房一眼就看到了。她什么都知道，神秘地用手指指自己的头说：“她这里破掉了。”我大概能理解她说的意思。我跟她说：“现在封城了，她不能去看她的女儿，心里焦躁。”

门房笑着问我：“她是不是跟你说，她女儿在美国大使馆工作？”

“是啊。”

“她没有女儿。我和她的房东都知道。她在这里住了八年，从来没有一个人来看她。”

晚上八点钟，埃菲尔铁塔亮起了灯光。四周突然响起了掌声与呼喊。越来越多的人打开窗户，向医护人员致敬。我探出头，看到零楼的女邻居也打开窗户在鼓掌。对门的工程师，突然弹起了钢琴，是肖邦的《革命练习曲》。

2020.03.21

ET APRÈS

后来……

巴黎封城刚结束，我楼下的女邻居就走了。

封城的第二个月，她不再到院子里跑步，几乎足不出户。有时我去院子里站一站，总看到她在摆弄着阳台上的那几盆风车茉莉，修剪、浇水、培土、施肥。她不跟任何人打招呼，对从她窗口走过的邻居，看也不看一眼。经常听到她在跟人说话。刚开始的时候，我以为是在打电话，后来才知道，她在跟她的猫说话。

那是一只很肥的猫，总在她窗口的小篮子里躺着，如果不是偶尔尾巴动一动，会以为它是一只可爱的毛绒玩具。女邻居轻声轻语地跟它絮絮叨叨，它就那样懒懒地躺着，不知道有没有在听，耳朵动都不动。有时候，女邻居会一连说上一个小时。也许，她还在说给风车茉莉听。

窗外的风车茉莉被女邻居照顾得很好，一直从她的窗户往上攀爬，一朵一朵，探着头，在我的窗口摇晃着。封城之后，巴黎的天气一直很好，许多人都说，从来没有这么明媚的春天。我窗户的朝向不好，虽然阳光永远不能直照进来，可是早上起床，灿烂的阳光从对面的白墙上反射过来，一样让我的窗口显得明亮温暖。这时候，我的女邻居已经给满窗的风车茉莉浇过水，新开的茉莉吐着浓郁的花香，在风里微微地颤动着，好像要尽力让这世界变得更美好一些。

女邻居的风车茉莉在这封城的两个月里又长高了许多，再经过一夏天，就能长满我的窗口了。也因为这个原因，我对这个日渐封闭古怪的女邻居，心里总怀着谢意，甚至有一种感同身受的寂寞与悲凉。

再有几天封城就结束了，女邻居忽然走到门厅里大喊大叫起来。她的猫丢了。她到处去找，敲每家的门。没人给她开门。巴黎封城让所有人都心怀恐惧，不愿意与人接触。女邻居终于没有找到她那只每天躺在窗口无所事事的肥猫。她依然在家里说话，只是声音变得很大。她在指责、谩骂，在跟一个人激烈地争吵。可是家里只有她一个人。

每当女邻居开骂的时候，我们的葡萄牙女门房就开门出来，倚着门框，手里夹着一根烟，笑吟吟地望着女邻居的大门。

封城结束两个星期之后，女邻居搬走了。走的时候，她把家里清理得干干净净，只留下阳台上那几只巨大的花盆。经过一个春天的生长，花盆里的风车茉莉已经长到我窗户的一半高了，什么时候往外一看，都是满满的可爱的小花朵。

她的房东就住在我们三楼。房东拿了一把大剪刀下来，把风车茉莉连根剪断。栽茉莉的大花盆被房东扔在外面的小院子里，靠墙角放着。

窗户上的风车茉莉一点点地干枯，原本伸到我窗口的枝叶花朵也慢慢垂落下去。所有的叶子和碎花都落在女邻居每天跑步的小院里。没有新的房客过来，房子一直空着。已经枯死的藤蔓，依然紧紧地缠在楼下窗外的护栏上。

JUSQU'AUX CONFINS DE LA TERRE

直到世界的尽头

巴黎封城前一个多星期，有两位中国客人到“孔府”餐馆吃饭，其中一人咳嗽得很厉害。第三天，店主王先生觉得喉咙疼痛，浑身乏力，当即关了店门，把自己隔离在里面。

“孔府”是离我家最近的中餐馆，在莫斯科路一号，走路只要四分钟。因为环境优雅清静，每次请客，我都选这里。店主王先生说话温和谦恭，笑容腼腆。服务周到细致，却从不与顾客饶舌，一看就知道是个体面的读书人。与他熟悉是因为一次事故。

我和翻译家郑鹿年还有两位法国人约好在这里见面谈事。其中一个高大的法国人显出中国通的样子，说话之间与郑老师发生了争执。引得七十多岁的郑老先生勃然大怒，突然拍案而起。郑老师法语极好，两人发生了剧烈的争吵，几乎捋起袖子要动手了。我虽然自忖不是这位法国人的对手，还是挡在郑老师面前。这时身材单薄的王先生跑过来，死命地把法国人按在座位上。

事后王先生说，他也好几次遇到法国人与中国人争执，从来没有看到郑老先生这么有血性的人。“他真敢对我们老人动手，不信我们三个人干不过他。”他说，“大不了把店砸了。”自此我和他结为好友，我喊他王兄，他喊我申兄。

王兄到法国已经二十多年。原先是来巴黎学画的，和一个上海来的学生租住在一起。两人一边学油画，一边在蓬皮杜艺术中心旁边的广场上给人画像。几年过去，上海同学的画家梦终于破灭，回了中国。王兄也放下画笔，跟几个师傅做装修。先是抬水泥、搬黄沙，后来学会了铺地板、贴墙纸、布电线、装水管，只要是装修的活儿，样样上手。一干三年，生活稍有结余，买了一辆尼桑面包车，开车运货。

二〇〇五年十月，两名黑人男孩在躲避警察时不慎被电死，引起了半个多月的法国大骚乱，全法有一万多辆汽车被烧，法国宣布进入紧急状态。王兄停在路边的车也被烧了。第二天早上去一看，只剩下一个空壳和一地碎玻璃。生活一下子又没了着落。思来想去，王兄找亲戚朋友帮忙，凑钱开了“孔府”餐馆。生意虽说一般，十多年下来，债务终于在去年还清。王兄笑着跟我说，现在终于可以挺起胸膛走路了。

几个月前，“孔府”忽然受了一次重创。我给王兄打电话，想订晚上的餐位。王兄语气急促而仓皇：“厨师出事了。”

当天晚上，客人都走了，厨师到外面抽根烟放松，突然倒在地上昏迷不醒。王兄赶紧叫救护车，陪着去医院。拍过片子，厨师脑子里长了一个瘤。他什么保险也没有，王先生四处借钱，想着救他的命。

过了一周，我去见王兄。他原本白皙的一张脸，变得蜡黄，头发也是乱糟糟的，眼睛里满是血丝。他说厨师救过来了。医生把他治得暂时没事，今天早上让他出院回家了，瘤还留着。医院没有提钱的事。

店还是要开，一时也找不到新厨师，王兄只好亲自下厨。大堂里由那个老实巴交的孟加拉伙计应付。很快到了中国农历年底，王兄说我和他都是一个人在巴黎，不如一起过一个年三十。他把晚上的生意停了，就我们两个人，炒几个菜，喝一杯。吃饭的时候，一直在谈新冠病毒和武汉封城。王兄叹息说自己没有路子，买不到口罩，只能给法国山东商会捐几百欧，算是表个心意。

就在法国总统宣布封城前的一个多星期，王兄喉咙疼痛，浑身无力，担心自己中招。他害怕传染给客人，甚至毁了巴黎中餐馆的声誉，当即关了店门。

我每天散步时都会从他门口经过，每次我都喊他一声。他不开门，只在里面跟我说话。昨天经过他门口，他在里面跟我说，他以为自己得了新冠肺炎，这些天想了很多。

“你记得我跟你说过，我有过一辆面包车吧？有一次出城，迷路了。我把车开到一片森林里，看到一头鹿，就站在我的车前面，一动不动。看着它的眼睛，我忽然想，做一只鹿也很好。”远处突然传来救护车紧急的鸣笛声。往两边看，街上一辆车没有，一个人也没有。

“我那个厨师，脑袋里长瘤的那个，昨天给我打电话，他又出来工作了。他说反正是死，不能在家等死，不如出来做点事。”

“死在路上怎么办？”我说。

“死在哪里不都一样。”王兄说。

“你到底想什么了？”我知道他有话想跟我说。

“我自从开这个店，到现在差不多十五年，每天就像驴拉磨，不停地拉。十五年，除了客人，我和别人没有往来。除了去菜场，我都没看到巴黎是什么样。这些天关在家里，什么也不做，我就想，我这样活着到底为什么？”

“你可以当画家。你会是一个好画家。”“孔府”餐馆的墙壁上挂着他的一幅画，他取名叫《塞纳河》。长长一幅画，横跨了整个墙面，像许多颜料桶被同时打翻在地，无遮无挡地奔涌向前，色彩和线条大胆惊艳，美得令人惊愕。

“我早就不画了。等疫情过去，我就把餐馆卖掉。我买一辆房车，一直开，一直开。我反正没有家，也没有一定要去的地方。我就一直开。”他大概为了安慰我，又补充说：“我希望遇到好的……遇到了我就停下来画。”

我们不说话，隔着铁栅栏和玻璃门，互相看着，就像从世界的这头，看到那头。从外往里看，他像被关在一个大铁笼子里。从里往外看，他大概也觉得我在另一个笼子里。

2020.03.22

CE BRETON GILET JAUNE

布列塔尼的黄马甲

巴黎封城一个星期后，马修突然给我打了一个电话。我们已经许久没有联系了。他问我：“你在巴黎还好吗？要不要来我家住段时间？”

前年夏天，我在布列塔尼圣马洛附近的一个村子里住了十多天。以这里为中心，我可以很方便地去拜访法国作家夏多布里昂留下的许多遗迹。他在贡堡的大城堡、在格朗贝岛上的墓地，还有迪南他读书的中学，等等，都很近。

我住的这个村子很小，只有十多户人家。白天很少见人，不过每家门前都开着满满的鲜花。如果想找点热闹，要到村中心的广场。广场周围有一家面包房，一家邮局，一家杂货店。杂货店里卖蔬菜、蜂蜜，还有最鲜美的肉，都是本地的特产。杂货店旁边立了一块石碑，上面刻着一战中阵亡的本村村民的名字，密密麻麻。如此看来，一百年前，这个不起眼的小村曾经相当热闹过。石碑的旁边有一块小空地。每隔一天，都有一辆中型面包车停在这里。面包车的顶上有一个烟囱，侧面开着门窗，里面生着炭火熊熊的火炉，竟然是一个流动的比萨车。

烤比萨的是一个壮实的中年人，名叫马修，总是一脸快活的笑。他一来，村子就像立即活过来，不知道从哪里立即钻出许多人，围着车子谈笑着，等他的比萨。我很少吃比萨，可还是被香味和好奇心吸引过来。买了一份尝了尝，果然味道奇美。

之后，每次马修来我都去买他的比萨。我都在最晚时候来，他一边收摊，我们可以一边聊天。他住在村外的一个小农场上。活儿多的时候就在地里干活，空闲时，出来烤比萨卖。

在我回巴黎的前一天，马修邀请我去他家做客。

马修的家在村子外面的一个高地上，孤零零的一幢两层楼的农舍。进门是一间大餐厅，餐厅里放着一张厚重的长条木桌。两边摆放着六把椅子。他一个人住。穿过餐厅是他的客厅。客厅比餐厅还要大。有一扇门对着外面，外面是一个大花园。其实这幢孤独的房子四周都栽种着花，仿佛就长在花园中间。马修是栽花的专家。我们在花园里吃饭聊天。告别的时候，我和马修约好下次巴黎见。

还有半个月就是圣诞节了，我忽然接到马修的电话，他说他在圣拉扎尔火车站。我们约好在时钟雕塑底下见，那里好认。

我很远就看到了马修，他身上穿着显目的黄马甲。他是特意赶来巴黎参加游行的。最近每个周六，都有成千上万的“黄马甲”走上街头。这是近些年来，巴黎爆发的最为声势浩大的人民自发游行。

我陪着马修往香榭丽舍大街走去，那里是主战场。可是才走了一半路，就被警察拦住了。一群一群的“黄马甲”在街上乱转，他们既去不了凯旋门，也去不了爱丽舍宫。人群越聚越多，有人找来木板和纸盒，用打火机点着，大街上浓烟滚滚。警察不断地投放着催泪瓦斯，并且步步逼近。游行的年轻人不断地回扔给他们。满天都是烟雾，人们四处乱跑。我是第一次闻到催泪瓦斯的味道，有点像在铁锅里干炒辣椒，火大了，冒出很大的烟。

香街肯定去不了，我们只好往回走。各个小巷里都有人往大路上汇聚，人越来越多，大家不断地呼喊着马克龙下台的口号。警察们开着装甲车、骑着马，全副武装地在后面驱赶着，不过除了放催泪弹，也没有太过激的举动。

“黄马甲”什么人都有。有拄着拐杖的老人，有顺便出来遛狗的居家男人，还有稚气未脱的小姑娘。当然，也有莽撞的少年。在我们被驱赶到圣拉扎尔火车站的时候，几个人砸开了路边星巴克咖啡馆的大门，玻璃窗也被砸碎了。许多年轻人冲进去，有人拿了饮料跑了出来，有人从里面拿了椅子什么的，放在路口烧起来。

马修看到少年们如此暴力，惊吓得目瞪口呆。“不应该这样，不应该这样。”他嘟囔着。突然有人唱起了《马赛曲》，马修小声地跟在后面唱着，慢慢又变得兴奋起来。歌声像潮水一样，一浪过去，平静一会儿，突然，又一浪涌起。

我们在人群之中，四周全是人。突然一阵骚动，人们慌乱地奔跑起来。我们不知道发生了什么，也跟在后面跑。满大街都是奔跑的人。一辆车冒冒失失地开进了这条刚刚还空荡平静的街道，突然就被人群包围了。不过人们并不难为它，绕开它跑远了。据说在另外一条街上，有人烧了停放在路边的车。更多的警察组成了盾牌的墙，一边扔催泪瓦斯，一边排山倒海一样挤压过来。

路边的饭店担心受到冲击，都关了店门。我带着又累又渴的马修往家里跑。再过一条街，就到我的住处了。跑在前面的人，突然又折过头往回跑。我回家的路被装甲车和警察们堵住了。一个长着娃娃脸的警察用手拦着我们，脸上还带着孩子气的微笑，让我们回头。我没有穿黄马甲，马修穿着。正在这时，一个中年人推着一辆轮椅过来，轮椅上坐着一位老人，身上也穿着黄马甲。大概他们说要回家，警察让开一条道，让他们过去。残疾人可以，我们不行。

无路可走，只能后退。走了几步，我转念一想，带着马修钻进火车站的地下通道。通道通向另一端的阿姆斯特丹路。一钻出地面，我心里一惊，外面又是满眼的“黄马甲”。好在没有警察，人群安安静静地走着。往各个方向的都有，不知道他们要去哪里。我和马修的眼睛都已经睁不开，鼻子也辣辣的，空气里全是催泪瓦斯的味道。

终于回到家。我和马修赶紧洗脸洗眼睛。坐定之后，我给马修倒了水和葡萄酒。马修叹了口气：“税太重了。人头税、电视税、房产税、土地税、居住税、饮水系统税、道路维护税、供暖税、汽车税、燃油税、水电税、消费税等等等等，我只想经营我的小农场，慢慢过我的日子。可是如果我不出门卖比萨，就没钱交税。”

一直到吃饭时，马修也没有脱下身上的黄马甲。黄马甲是一种醒目的背心，法国政府要求每个司机都要有一件。另外所有担任危险工作的人，也穿它。它是普通人的象征。从来没有哪件服装，有着这样绝好的象征意味。“黄马甲”就是普通人，他们甚至没有一个代言人。他们只是为自己请命和呐喊的百姓，他们就是马修这样普通朴实的劳动者。“我们到巴黎来，是想让我们的政府知道她病了。他们高高在上，已经听不到百姓们的声音了。”马修说。

马修买了当晚的火车票。马上就要过圣诞了，家里还有许多活儿要干，他要赶回去。我送他去车站。天黑了，路两旁为圣诞节装饰的灯突然亮起来，使得弥漫了瓦斯的巴黎立即又变得漂亮了。四处都有慢慢散去的“黄马甲”，每个人都显得疲倦不堪。

马修回去之后，我们偶尔通信。每次我都告诉他巴黎“黄马甲”游行的状况，有时还发几张照片给他。“黄马甲”的示威已经持续了一年。他在信里告诉我小村里静如止水的生活，谈得最多的是他栽的花。那是他最大的幸福。他再也没有来巴黎。他说他不喜欢巴黎，即使为了抗议也不愿意再来。

今天下午，他突然给我打了一个电话，劝我到他的乡下去：“虽说全法国都禁足了，我们这里的生活没有任何变化。乡下的生活简单缓慢，但是平和真实，到田地里走一走，就让人安心。别人觉得巴黎繁华有趣，我只觉得虚伪烦躁。巴黎不是生活该有的样子。城市会让人疯狂，乡下能够疗伤。你来布列塔尼吧。”

我去不了。巴黎已经封城。那些人都是在封城的前一天走的。马修说得很对，但是现在我不想离开巴黎。无论是“黄马甲”的大游行，还是新冠病毒的袭击，巴黎总是风暴的中心。在风暴之中能看到更多的东西。我想看得更明白一点，然后对自己的生活有个更长远的打算。

2020.03.23

QUELQU'UN M'ATTEND

有没有等我的人

“到田野去！”法国农业部长迪迪埃·纪尧姆刚刚发出紧急呼吁。由于疫情影响，波兰人、罗马尼亚人、西班牙人大批离开了法国农村。纪尧姆说：“所有没有工作的男人和女人们，一起加入法国农业大军吧，农村已经空缺了二十万个岗位。我们要立即出发，我们必须抓紧生产来养活法国人。”

我赶紧给倪老师打电话，让她把这个消息转告给老吴：“上Mission网，在那里登记。”

我在倪老师家见过老吴，圆圆的一张脸，个子不高。他在帮倪老师安装葡萄架，忙了两个小时，喊他好几次，才停下来喝一口茶。他说话不多，汉语有点怪，法语也不会。倪老师悄悄跟我说，老吴是朝鲜人。

他和妻子从朝鲜逃到中国延边。为了方便干活，他买了一张身份证。不知道是别人掉的还是被人偷走的，身份证其实早已经失效，也就装装样子。他就随着这张身份证上的名字，自称姓吴。在延边待了一段时间，毕竟什么身份也没有，老吴和妻子商量，必须寻一个稳妥的出路。一个去韩国，一个去欧洲。谁立足了，另一个去投奔。

老吴辗转偷渡到了越南。在过一个沼泽的时候，差点被淹死。好不容易摸进指定的小村子，立即被关在一个小房子里，等蛇头伪造护照。黑乎乎的屋子里已经挤着十多个越南人，大家一声不吭，空气里一股呛人的味道。等了四天，终于上了飞机，直飞罗马尼亚。过了海关，刚刚才出机场，蛇头让所有人都把证件撕毁："如果警察盘问，装哑巴，不说话。"如此一来，他们都成了无国籍者。即便被抓了，也无处遣送。罗马尼亚不是他们的目的地，必须继续往前。不过这一路就辛苦了。蛇头安排他们乘坐的是一辆油罐车。真正装了半车的油。他们只能站在齐膝深的油里，一路往前。

油罐车一直开进了巴黎。老吴从车里爬出来的时候，已经是深夜。他对巴黎的第一印象是亮得晃眼，冷冷清清。

巴黎没有工作等他，必须自谋出路。老吴人聪明，不怕吃苦，又不在乎钱多钱少，慢慢从华人那里接到一些短工零活，渐渐安顿下来。

圣诞节之前，倪老师的丈夫回国了，她想把门前的小花园修整一番。有人推荐了老吴。老吴干活卖力，一直做到天黑，倪老师留他简单吃了一口饭，已经是晚上十点钟。老吴走到迈松·拉菲特地铁站的时候，被警察拦住了。他穿得实在太破旧，衣服裤子上斑斑点点，又是污泥，又是油漆，像流浪汉。如果真是流浪汉警察也不管，一看他就是一个身份不明的穷人。老吴被抓了。

老吴给倪老师打电话。倪老师立即赶到警察局。

“他是你什么人？”

“是我表弟。”

“他是做什么的？”

“他临时经过我这里，我留他吃了一顿饭，做什么没问他。”

“你知道他没有身份证明吗？”

“我没有问他。我只是请他吃了一顿饭。但他是一个好人。”

“你愿意为他签字吗？”

“当然。”

倪老师没有见到老吴，老吴已经被关起来了。倪老师叮嘱警察给他一条棉被，不能冻着。天太冷了，外面已经在飘雪花。

老吴第二天一早就被放了出来。过了几天，他特意来谢倪老师，带了一盒苏子叶卷腌牛肉片的朝鲜菜。现在这成了倪老师待客的一道名菜。她请我吃过两回，味道真好。

老吴很忙，平常很少来倪老师家。不过有什么事，只要一打电话，就立即过来。每年中国大年初一，必定会给倪老师打电话拜年。我上次见到他的时候，人看起来很精神，完全不像一个六十岁人的样子。走的时候，倪老师执意要送他一瓶葡萄酒。老吴不抽烟，不喝酒。不过有时候也有可能到朋友家做客。华人做客总是要带点礼物的，送瓶酒最合适。大概总跟华人打交道的原因，老吴也常常习惯说：“我们中国人……”我们也的确拿他当中国人。

我和他一起乘 A 线从迈松·拉菲特回巴黎。老吴穿着一条牛仔裤，套一件黑 T 恤，不新，都干干净净。套在外面的灰西服有点皱，可能被他用手洗过之后，没有烫平。他有专门的工作服，活儿干完了，就收在包里。他头发已经花白，胡子剃得光光的，额头上的皱纹很深，眼神温和而胆怯。他在法国生活了将近十年，还是“黑”着，没有身份。他在星形广场站下来转车，我继续往前。地铁开动了，他一边在站台上走，一边不断地朝我挥手，仿佛我是他多年的老朋友。

巴黎一封城，每个人都只能待在家里。老吴一下子没有了着落。今天政府对禁足令又进一步收紧。外出不许超过一公里，时间不能超过一小时。所有的集市，甚至漫长的海岸、宽阔的森林都已经完全关闭。《世界报》上说，全球有三分之一的人被关在家中。前天倪老师还在念叨，有没有什么办法帮帮老吴。今天农业部长恳求人们下乡劳动，而且特别欢迎有园艺工作经验的，这对老吴而言，真是一个再好不过的机会。

老吴不打算一直在法国待下去。获得身份太难了，也不会讲法语，朋友只有几个中国人。现在已经年过六十，他想去韩国养老。妻子在韩国一家厂里打工，已经有了身份。老吴有钱。他只挣钱，几乎不花钱。每个月到月底了，就把钱给妻子汇过去。

最近一年多，妻子已经很少给他打电话。他猜想可能出什么事了。要不要去韩国呢？他心里没数。

2020.03.24

L'HOMME QUI VEUT DES AILES

想飞的男人

封城之前，我囤积了一批水饺。昨天雅克跟我打电话时，我顺口说可以给他一些。他的反应很灵敏，立即问我：“你确定吗？”然后今天就开车来拿了。

雅克对中国的爱简直有点偏执，学了好些年的汉语，越挫越勇。几年前我在巴黎南戴尔大学做了一次有关中国文化的讲座，他跟我加了微信。之后隔上十天半个月，他就跟我联络一下。有时候发一句莫名其妙的格言，问我是孔子说的还是老子说的。有时候发一句似是而非的诗，问我是唐诗还是宋词。有一次甚至跟我探讨两味中药，非说对降高血压有奇效。后来迷上了“道”，经常跑到深山老林里去打坐。不过说实话，他选择打坐的地方风景着实不错。我夸了他两次之后，他就经常给我发他认为有道家意境的美景。

我们联系中断是在去年九月。他一下子就消失了。我跟人一向不是特别热络，过了两个月才想起问候他一声：“最近好吗？”一般来说，对方会回信说：“挺好的，你怎么样？”这样就又可以恢复联系。雅克很快就给我回信：“不怎么好。”

雅克在法国一家公司做高管，酷爱飞行，几乎每周都要上天一趟。他已经飞了二十二年。今年九月，飞行俱乐部新到了一种新型的小飞机，建议他试一试。雅克很兴奋，跨上去驾机起飞。飞机上天只有三秒钟，就一头栽下来。雅克被送到医院，二十天后才醒过来。他说，怎么登机，怎么操作，怎么摔落，一直到醒过来的这段时间，他什么也记不得。不过之前的记忆全在。大概人的大脑有自我保护功能，对可怕的事情会自动屏蔽。他已经出院了，在家中休养。

“身体恢复得怎么样？”

“还不错。让我难受的是腿受伤了，这会妨碍我运动和长途旅行。我必须赶快进行锻炼。”

“锻炼不着急。出了这么大的事故，能这样已经很幸运了。”我安慰他。

“我过几天就去中国了，这是很早就跟朋友定好的旅行计划。不能告诉我的医生。他会阻止我。”

我对法国人的许多做法都很无语。有人去年刚刚在滑雪场摔断了胳膊，今年又兴致勃勃地登上雪山。有人腿上还打着石膏，摇着轮椅就在滚球场上扔起了铁球。现在巴黎封城，人们还是会不停地出门跑步、遛狗。他们认为运动对狗也一样重要。欧洲人大概都这样。意大利一位市长愤怒地抱怨道：“你们不停地出门遛狗，难道狗有前列腺炎吗？”昨天我短暂出门了一趟，发现外面已经全是跑步的人，我怎么躲也躲不掉。好像谁也不在乎疫情正在张开的黑色翅膀。旅行和运动，比他们的性命还重要。

雅克回巴黎后告诉我，中国之行太棒了。今年春天他要在法国接待他的中国朋友。他说他刚刚考了新的驾照，这样就可以带他们从法国一直开车到东欧。

“你为什么要重新考驾照？”

“不是跟你说我的腿受伤了嘛。考个残疾人驾照，我就可以享受停车的方便了。”雅克笑着说。

对雅克这样的法国人，我有太多不理解。好吧。巴黎停车是太难了。有时看到空着的残疾人车位我也想悄悄停一下，可是看到牌子上写着：“如果你要停在这里，那你把我的残疾也一起带走吧。”头皮一阵发麻，只得掉头就走。雅克就没有心理障碍吗？

巴黎封城后，雅克跟我的联系就更频繁了。一会儿问我中国的疫苗研制出来了没有。一会儿又问中国用的是什么特效药。当然大部分都是抱怨法国政府如何动作迟缓，官员怎样愚蠢无能，民众如何自由散漫。也说他禁足在家的日常生活。他说他在阳台上给鸟儿建了一个食堂。“每天都有不同的鸟儿来吃，我的生意很兴隆。”然后发一段视频给我。他在阳台上挂着一个葫芦一样的东西，里面装着食物，在底部伸出一个小嘴，让鸟儿啄食。房屋前面的几棵树都已经开满了花，许多鸟儿飞来飞去，鸣啭曲折动听。春天已经十分喧闹了。

昨天给我打电话，一向快快活活的雅克突然发了脾气：“天天晚上八点钟在阳台上拍手有什么用？我们缺口罩，所有人都缺口罩，好好想想办法吧。”雅克把老母亲留下的缝纫机搬出来，开始做口罩："我一天能做二十几个呢。"

雅克把自制的口罩送给附近的邻居、扫地的清洁工、送快递的投递员，还有他的家庭医生。"我多了一条出门的理由。"雅克笑着说，"我在出门单下面自己写上一条，送口罩。如果警察拦住我，我正好把口罩给他。"

我想，巴黎警察一定不会难为他。昨天晚上，法国内政部把应该给警察的FFP2口罩给了医护人员，然后什么口罩也没有给警察。警察工会愤怒地警告内政部说："如果再没有口罩，警察们将暂停戒严检查。"已经有二百五十七名警察被感染。

雅克把车停在路边上，坐在巷口梨树底下的长椅上等我。我把一袋水饺给他，他给我几只自己做的口罩。为了安全，我们都离得很远，东西放在椅子上自取。几只口罩的布料都不一样，灰的、白的、红的、蓝的，很好看，大概是他特意挑的。他是个极端爱美的人。

雅克站起身，原本高高大大的一个人，小了一圈。脸上的笑容还是很灿烂，目光也一样诚恳。他拄着两根拐杖往车子走过去。他的一条腿齐膝盖被截掉了，裤腿空空荡荡。

2020.03.26

MARIETTE ET SON AMI DE PLUME DANS LE COULOIR DE LA MORT

与死囚通信的玛丽耶特

安德烈告诉玛丽耶特，他在俄罗斯已经找到了一座监狱，阴森恐怖，非常好。

安德烈是俄罗斯的一位戏剧导演，玛丽耶特是法国巴黎的一位牙医，两人从未谋面。安德烈听朋友说，玛丽耶特十多年来，一直在跟美国一个死囚通信。他敏锐地发现这是一个很好的戏剧题材，于是跟玛丽耶特联系，想来巴黎与她商谈剧本。

玛丽耶特的丈夫是一位传记作家。我到他家去过两次，他在家里也是穿西服打领带，衣冠楚楚。他正在研究维希政府的首脑贝当，对他充满了推崇之情。玛丽耶特对此极为反感，可是也无法干涉。丈夫住楼上，她住楼下，两人几乎不相往来。丈夫迂腐到了可笑的地步，无论见到谁，都会不顾别人脸色，推销他荒诞不经的观念。如果别人跟他说话，他要么起身倒水，要么拿一块点心放在口中，目光飘忽，一句也不听。玛丽耶特对活生生的人的故事最有兴趣，可以整天听人讲述。一会儿叹息流泪，一会儿哈哈大笑。她只是和丈夫无话可说，每次只要听他说起贝当、福煦元帅、马其诺防线什么的，不管有没有客人在场，她转身就走。用玛丽耶特的话说，这场婚姻么，就像鲤鱼嫁给了兔子。

安德烈原本只会在巴黎待几天，商谈一下剧本的计划，签订合同之后，就到美国去。他还要去探望那个关在狱中的死囚，毕竟主人公是两个人。可是安德烈来的时机不巧，遇上了新冠病毒爆发，先是美国停飞了与欧洲之间的航班，随后法国也开始全境封锁。

玛丽耶特家有空余的房间，于是安顿安德烈住下来。正好可以细细推敲剧本。索邦大学的一位教授开玩笑说，每个法国人的抽屉里都有一部未出版的手稿。大概是说法国人天生都爱写作，或者内心总涌动着不可抑制的激情。玛丽耶特的兴趣和才华主要在写信上。她几乎每天都在写信，给澳大利亚、哥伦比亚、马达加斯加、埃及等国家所有认识的朋友写信。我也是她的笔友之一。朋友们笑称她是书信体作家。不过跟她的丈夫比起来，她毕竟显得业余。撰写戏剧剧本，是一件相当专业的事。于是也把丈夫从楼上请下来，加入到这个因为封城而临时组合的写作小组。

十七年前的一天，玛丽耶特随手翻开一张叫《巡回》（*L'Itinérant*）的街头小报，上面刊载着美国得克萨斯州波伦斯基死囚监狱里所有囚犯的生日。报纸呼吁善良的人们给他们寄送贺卡，给冰冷的牢房送去一丝温暖。其中一个名叫卡尔·奥布赖恩的人，和她同一天生日。玛丽耶特于是给他写了一封信。

他们第一次通信的时间是那年的四月二十五日，这天是玛丽耶特的生日。之后的十多年，奥布赖恩一直在等待处决，他们的通信也一直没有间断。

安德烈想把这个充满法式浪漫的故事，搬上俄罗斯的舞台。舞台已经准备好，就是那座阴森森的监狱。外面疫情愈演愈烈，每天都有成百上千的人感染，数百人死去。而玛丽耶特家的气氛变得反常的活跃。

最热心于这个戏剧的是玛丽耶特的丈夫。他翻遍了妻子收到的死囚来信，还有妻子特意留下的信的底稿，不断地为妻子的文笔和仁爱发出啧啧赞叹。他不分日夜地进行摘录和整理，并且写出了许多精彩的台词。

有时候安德烈会和玛丽耶特的丈夫发生剧烈的争吵。安德烈一头绿色的头发，穿着绿色的毛衣和绿色的长裤，长得又瘦又高，激动的时候会站起来，一边挥舞着双手，一边大声喊叫。玛丽耶特说他像一只“战斗的螳螂”。而丈夫总是显得很沉静，漫不经心地微笑着，等安德烈停下来，才用平和的语调，不喘息不停顿地进行回击。说话的时候，他的目光一直望着客厅一角的一座古雅的大钟。他曾经隆重地向我介绍过，全法国，只有爱丽舍宫有同样的一座。

三月十九日，俄罗斯宣布彻底禁止外国人入境，安德烈开始变得慌张。回国的机票很紧张，他找人订票，回话说让他耐心等待。安德烈害怕回不了家，变得沉默寡言。他把自己关在房间里，再也不谈这部有关人类博爱的剧本。

客厅里只剩下玛丽耶特与丈夫。丈夫倒是热情不减，相当投入地朗诵着为死囚写的台词。玛丽耶特一直在看新闻。养老院已经死了几百人，却没有人进行检测。殡仪馆的工作人员忙碌不堪，连一只口罩都拿不到。意大利的神父因为经常出入病房安慰患者，已经死了五十多个。法国警察向无家可归者开出罚单，原因竟然是他们不遵守在家隔离的规定……所有人的命运都牵动着玛丽耶特的心。

玛丽耶特一边看着新闻，一边用眼睛的余光看丈夫扮演着死囚。十多年来，她第一次觉得，自己真正触碰到了那个死囚面前的铁门，嗅到了死亡的气息。死囚跟她说，当有人走向刑场的时候，所有囚犯都会敲打着铁窗送行。而此刻，窗外万籁俱寂，只有电视上的教皇，孤独地，在空无一人又广阔无边的圣彼得大教堂的广场上，向上帝祈求着神迹。玛丽耶特泪流满面。

安德烈终于买到了机票。告别的时候，没有拥抱，没有贴面礼，只有彼此惨淡的笑容。安德烈说："等疫情过去，戏排好了，请你们来圣彼得堡。"弯腰上了出租车。玛丽耶特回头跟丈夫说："希望有这一天。"

十多年来，玛丽耶特和丈夫相互厌倦，又相互牵扯，浑浑噩噩地过着日子。安德烈离开的当天下午，玛丽耶特给我写了一封长长的信。在信的末尾，她写道："我和丈夫相爱了。"

2020.03.27

LE VIEUX QUI REGARDE AU LOIN

瞭望的老人

默海利是我的房东。他是意大利佛罗伦萨人，儿子在巴黎成家立业。退休之后，为了便于和儿子一家相聚，他买下这套房子，和妻子住在这里。妻子去世了，他一个人在巴黎待不下去，于是出租了房子，回到佛罗伦萨。不过每年他都会来巴黎两三次，看他的孙女。每次来巴黎，他都提前跟我约好时间，到房子里来看一看。

他每次来的时间并不长，只是在沙发上坐一坐。我给他煮一杯咖啡，他就端着杯子沉默地坐着，眼睛里慢慢噙满了泪水。坐上十几分钟，就起身告辞。我把他一直送到单元大门外，目送着他苍老而寂寞的背影消失在邮局的拐角处。

有一次他带着小孙女过来。小女孩才六岁，长得漂亮可爱，对什么都好奇，到处跑，什么都想看。默海利想阻止她，又舍不得，只能无奈地朝我笑笑，由着孙女。临走的时候，我送给她一只从中国带来的铜铃铛，她快活地一直摇，一直笑。其实每次默海利来，我都照中国人待客的礼节，要送他一小盒茶叶，或者一枚青花瓷的书签，他都认真地拒绝了。而这一次，他连声说谢谢，满面笑容地带着小孙女走了。

我和默海利说话不多，彼此相交也不深，不知道为什么，他却把我当成了忘年好友。每隔两个月，就会给我写一封信，信很短，就是几句话，说说近况，问候几句。最后总要说，有空来佛罗伦萨，我会等你。我在巴黎一待数年，一直也没有去。有时候收到他的信，会猛然一阵惭愧，觉得辜负了他一番美意。他是真心诚意邀请我去的。他热爱佛罗伦萨。他认为世界上所有人都应该热爱这个地方。离巴黎这么近，我竟然一次也没有去。实在抱歉。

去年复活节的时候，他又来了巴黎一趟。提前一个月他就跟我约好见面，并且郑重其事地邀请我去“海陆空军国家俱乐部”吃午餐。这家俱乐部在圣奥古斯丁教堂前面，是一个极为堂皇的饭店，实行会员制，寻常人订不到餐位。默海利保留了悬念，不告诉我为什么要来这里吃饭，怎么可以订到餐位。

我们在饭店见面的时候，陪着他的是一位白发优雅的老太太。默海利穿着一身高档的西服，声音清亮，腰杆笔直，显得十分精神。他向我介绍，这是他的女朋友，家在那不勒斯附近的伊斯基亚岛。我从来没听过这个岛的名字，这让默海利很失望。他说，就是格拉齐耶拉的家。我突然明白，原来这个岛，就是法国大诗人拉马丁的自传体小说《格拉齐耶拉》的发生地。眼前的这位美丽老太太，顿时在我眼里显出不一样的光芒。于是我们就谈这部小说。这顿饭吃得极为美好。席间，默海利跟我说了他的经历。他年轻时在意大利空军服役，在一座军事机场的瞭望台上工作。退役后先是做推销员，后来通过考试，做了一名律师。现在虽然早已退休，回到佛罗伦萨之后，还是做回律师的工作。“只有工作，才能让时间驻留在空虚的肉体上。”默海利像诗人一般对我们说。

因为他有这样一段空军经历，所以他才是这家饭店的会员，他为此深为自豪。至于一位意大利前空军为什么能成为这家法国饭店的会员，我不清楚缘由，也没有多问。默海利请我们来此用餐，是为了炫耀他的青春岁月。我在他身上也确实看到了他年轻时的影子。他身材不高，脸型瘦长，不说话时，嘴唇紧紧地绷着，显出坚毅的神情。

再次见面就是圣诞节了。他一个人来的，手上还拎着给孙女的礼物。大概从宾馆出来，就来了我这里。他仍然坐在他坐惯了的沙发上。他说以前住在巴黎的时候，他总是坐在这里喝咖啡，一坐就是一下午。他用手指指我桌上那个精致的不锈钢咖啡壶。这是他留给我的。

我的窗户朝西北，对面有一幢楼挡着，永远照不进阳光。不过中午阳光好的时候，朗朗地照在对面的白墙上，可以反射到我的房间里，整个客厅就显得十分亮堂。我用他珍爱的咖啡壶给他煮了一杯咖啡，我谈中国，他说意大利，两个人都用了许多赞美的词语，并且极为诚恳地相互发着邀请。我出于中国人的谨慎，没有问他女朋友的事。默海利与大半年前相比，看上去又老了许多。

二〇二〇年的春天，意大利遭到新冠病毒海啸般的袭击，最近几天，几乎每天都有一千人死去。我给默海利打了一个电话，这是第一次给他打电话。他花了一分钟才弄清楚我是谁。

“我一个人在家，就是我一个人，没什么。每个人都在尽自己的责任。”他说，“意大利已经死了九千多人，我不怕死，到我这个年龄，已经无所谓了。”

“儿子一家怎么样？”我问他。

“他们还好，也关在家里。听说巴黎死了一个十六岁的女孩，这很可怕。我给我的孙女打了电话，让她千万不要走出家门。”

默海利说，教皇在圣彼得大教堂向一尊有神迹的耶稣像祈祷。那尊神像在一五二二年曾把绝望的罗马人从黑死病的魔爪中拯救了出来。“我希望这次会有奇迹诞生。”他说这句话的时候，语气坚定，像一个老兵正警惕地瞭望着空中飞机的起起落落。

“你一个人生活，需不需要什么帮助？口罩有吗？”我问他。

“我只是很想她。”默海利说。

我不知道他说的她，是去世的妻子，是那个女友，还是他的孙女。

一阵沉默之后，默海利挂断了电话。

2020.03.28

LE MARI
DE NOTRE
CONCIERGE
门房的丈夫

“人们正在受苦、生病和恐惧。”电视屏幕上，联合国秘书长古特雷斯正发表着演说。他表情凝重，声音沉痛而急切。窗外的小院里，我们的门房和她的丈夫坐在阳光底下，一边翻看手上的休闲杂志，一边聊天。

在古特雷斯的呼吁下，喀麦隆、伊拉克、也门、菲律宾等国及苏丹达尔富尔地区宣布临时停火。一种看不见的病毒，让战场得到了片刻的宁静。此时，全世界已经有一半人被关在了家中，地球第一次陷入一种诡异的沉默。

门房常常站在自家门口与偶尔路过的人寒暄。她的脸上带着轻淡的笑，目光里却是深深的冷漠。她说话很快，口气里带着某种不屑。我很少跟她说话，打个招呼就快步离去。不过我跟她的丈夫很熟。

其实门房的工作都是她的丈夫在做。清扫楼道，收拾垃圾，发送信件，等等。楼里的工作做完了，就到外面去做杂工。他没有正式的工作。他的个子很高，长得粗壮有力，是个憨厚老实人。他对所有人都很谦恭，除了礼貌的一声招呼外，几乎一言不发。我们每天见面，每次说声你好，互相不怎么看就擦肩而过。

门房和她丈夫是在巴黎打工时认识的。彼此一交谈，都是葡萄牙人，两家的村子竟然离得很近。两人结婚后不久，妻子就到这里做了门房。每个月的工资才几百欧，好处是有个免费住处。虽然才十多平方米，可这是在巴黎啊。门房把自己的工作给丈夫做，自己又在附近的一家超市打工。这样每个月挣的钱勉强够生活。他们在这里已经住了三十多年，生了一儿一女。过几年就退休了。

两年前的一天，我的抽水马桶坏了，请他来帮忙修理过一次。大概又过了一年，我厨房的水管漏水，又请他来修理。水管藏在柜子里面，他只能仰面躺在地上，钻到柜子里，才用得上力。水喷了他一脸，一直流到外面。等他修好爬出来，浑身上下都在滴水。他的活儿做得跟正规公司的工人一样好。我支付了一笔现金，两人都很高兴。

这次水管泄漏事件，造成了许多麻烦。水漏到了楼下零楼。零楼的房东几乎每天给我写一封信，提出种种要求。我被折腾了大半年，后来痛定思痛，决定把厨房彻底整修一番，消除所有隐患。

我与门房的丈夫已经相当熟识。有一次他还带我去参观了他的工具房。这是一间很大的地下室，里面整齐地摆放着各式各样的工具。他说因为一辈子没有正式的工作，什么活儿都得接，所以木工、瓦工、油漆工、管道工等，都会做。我决定把修整厨房的活儿给他做。他很快给我报了一个预算，拿到单子我惊住了。

前面两次我很大方地给他现金，原本是表达感谢和友好。之后的相处也很愉快。我以为我们已经是朋友，他应该给一个友情价，谁知道比我认为的要多五百多欧。我与他反复砍价。他终于明白我不是一个富人，叹口气，减去了三百欧。

工程开始了。原本五天的活儿，到了第十天还没有完工。我每天只能在客厅里用电饭煲煮点烂兮兮的蔬菜。我看出他其实对这几样活儿都不精通，甚至非常笨拙。到了后来，就是以我为主，他做我的助手。两人在做活儿的时候，不断发生争执。终于熬到完工，他接了钱，连再见都没说，转身就下楼了。自此之后，我们形同陌路。

不过我和门房见面还是打招呼的。“你好吗？”我问她。“很好，再见。”她说。“再见。”我说着从她身旁走过去。去年夏天，我到乡下住了二十多天，回家时，在楼道里遇到了门房，诧异地看到她自己在给楼梯上的地毯吸尘。“你好吗？”我问她，“你丈夫呢？”

“被车子撞了，腿受了伤，好不了了。”她的脸色很冷，像在生谁的气，回头瞥了我一眼，又转身吸尘。她超市的工作一时不能去了。

过了两个月，她的丈夫才又出现，走路有点跛。有时候会坐在门口台阶上抽烟，一边用手揉自己的腿。腿伤应该还没有全好。门房把清扫大楼的工作交回给丈夫，自己回超市上班了。因为腿受伤，影响了他的行动，也影响了他的心情，他对所有人都变得淡淡的，干活也是马马虎虎。楼梯上、过道里、大门前面，经常脏兮兮地凝结着一些可疑的污点。住客们对他很不满，已经有人给物业管理公司写信投诉了。

圣诞节之前，照惯例，每家都应该给门房送一个红包。我去得有点晚，按响门铃，门房还是只开了一条门缝，在里面祝我圣诞快乐。我把红包递给她。她说了声谢谢，脸上露出亲切的笑容。后来听说，有许多住户没有给她红包。这个新年，她和丈夫过得很不高兴。

门房的丈夫再次停下来跟我说话，是中国新年之后。他大概也听到了新冠病毒在中国爆发的事。我们在大门口遇到，他很认真地问我："中国现在怎么样？你父母都还好吗？"也就从这天开始，我们的关系恢复了许多，见面都会面带笑容，热情问候。可是住户们已经有很多人给他脸色看。假如下次开业主会议，我担心会投票表决是否继续聘用他们。

巴黎突然封城，门房的丈夫立即打开了被他们永远锁着的小院子，把里面清扫得干干净净，让人们下来散心透气。之前大概是每周打扫一次卫生，现在隔一天他就把楼里上上下下清扫一遍。特别是一楼的过道，每天都用消毒水拖一遍。

前天，新闻上说法国确诊的新冠患者已经有三万多，死亡人数也将近两千了。原本每天散步、遛狗的人已经很少出来，零楼的邻居也消失了，大概被美国撤侨撤回去了。整幢楼寂静无声，只有每天晚上八点，我对门的邻居会按时弹奏一首钢琴曲。

门房还在超市上班。我去过一次，看到长长一排收银台都拉上了一层塑料薄膜，把顾客与工作人员隔开。门房的丈夫在过道的窗户底下，摆放了一张矮桌，旁边贴了一张纸："请把所有快递物品放于此处。"

整幢楼的人都已经很少出门，也不再相互接触。联系所有人的，是门房的丈夫。他把各家的快递，送到每家的门口，然后隔着门问一句："你好吗？"

"我很好，你呢？"门里面的人回答。

"我很好。"门房的丈夫大声地说道。从猫眼洞里看过去，他高高大大的身影突然变得佝偻而衰老，正蹒跚着离开。很久了，还听到他拖着病腿挣扎着下楼的声音。他的腿大概越来越疼了。他每天都在盼着退休。"退休的第二天，我们就回葡萄牙的老家。"他说。

2020.03.29

IL EST PARTI 他去非洲了 EN AFRIQUE

“孔府”餐馆的王兄给我打了一个电话，说他已经在我家巷口，给我送来一袋蔬菜鱼肉。我赶紧下楼。

王兄站在圣彼得堡路上“马奈画室”的楼下，戴着口罩，脸几乎被完全遮挡住。口罩是几个月前他向国内捐款时，协会给他的赠品。他说可以重复使用，放在电饭煲里煮一煮，晒干就行。昨天法国死了二百九十二人，今天竟然一下子死了四百一十八人，让人心慌。“你就别出去买菜了，超市人多。我店里的冰箱大，够咱兄弟吃一阵子了。”他说。他把袋子放在地上，退后几步，和我隔开一米的距离。

他自我隔离已经二十多天，好在安然无恙。我们站在路边闲聊。“对了，老谭怎么样？还在外面干活吗？”老谭就是原先他店里那位生病晕倒的厨师。我忽然想起他跟我说过，这么危险的情况下，老谭还在外面跑。

老谭是莒县人，会烧一手山东菜，到巴黎不久，就被王兄请到“孔府”做厨师。他最拿手的是“鱼腹藏羊”。有一次我请郑鹿年夫妇来这里吃饭，就点了这一道。郑老师笑着说，以后他的

《口福》加印，一定要把这个菜写进去。《口福》是他用法语写的一本介绍中国饮食文化的书，引得许多法国人心驰神往，垂涎欲滴。

我们相熟之后，老谭曾破例让我到后堂观摩过这道菜的做法。一条大鱼已经刮鳞洗好，用黄酒腌在一个大盘子里。老谭用一口铁锅爆炒着切成细粒的羊肉、冬笋、香菇和海米。一边炒，一边添加各种调料。也就一眨眼的功夫，就炒好了，倒在一个盘子里晾着。等到羊肉稍凉，老谭用一只小勺子细心地装进鱼肚，然后用猪网油把鱼裹上，拿刷子在上面刷了一层糖稀，放进烤箱。

“马上好。”老谭说。我们出来喝茶，也就十多分钟，里面铃铛一响，王兄给我们端来新鲜出炉的“鱼腹藏羊”。烤熟的鱼金黄酥脆，用筷子轻轻分开，里面鱼肉雪白粉嫩，羊肉绵软醇厚，一股浓郁的香气飘得满屋都是。就在这次吃饭三个多月后，老谭突然晕倒在店里。

王兄打了急救电话，几分钟后，消防员就到了。几个人把老谭抬上车，很快送到火车北站附近的一家医院。工作人员显然对这种情况有一种自动处理程序，交接顺畅自然。护士用车子把老谭推到里面，消防员跟王兄说了声再见就走了。没有人问王兄一句话。送过去的时候是晚上十点多，王兄在医院等到凌晨四点，一位男护士出来说，你先回去，明天再来吧。

第二天上午，王兄炒了两个菜，煲了一锅汤，给老谭送过来。老谭已经醒了，不过不能吃什么，只喝了两口汤。医生已经检查过了，说脑子里长了一个瘤，应该是早就有的。问老谭，他什么也不知道。王兄说，你安心养病，其他一切有我。

在医院待了三天，老谭突然给王兄打了个电话：“老王，我回家了，医生让走的。”

“说没说医药费的事？”

“没人提，就说可以出院了。我其实也没太懂，看手势是让我走，我就走了。”

不知道是因为老谭没有保险，还是这个病没办法手术，医生等他病情稍稳定就让他出院了，没给他做任何治疗。老谭心里有些发慌，可是也无法可想，就回到住处躺着。

老谭在巴黎北郊跟人搭铺。一间几十平米的房子里，放了三床上下铺，住六个人。王兄曾经跟他开玩笑：“那你不如我，我刚来时住的是三层楼，你才两层。”所谓三层楼，是一张床上下架了三层。大概也因为住得不舒服，老谭大部分时间都待在“孔府”店里。最忙的是午餐和晚餐那一段时间，每天有不少空闲。老谭常常坐在门口喝茶，偶尔有女孩经过，他就朝她们点点头：“Bonjour.”这是他会的唯一一个法语单词。女孩们大多也会回他一句：“Bonjour.”他就高兴地笑着，一直看着她们走远。

休息了两个月，老谭又来店里，如从前一般精神抖擞。可是因为他有这个病，王兄不敢用他，劝他回国好好养病。老谭说：“出来的时候，我就跟家里人说好，挣了钱到县城买套房。他们每天都在眼巴巴地等着。我现在回去算个什么事？”

很快老谭又在另一家店做起了厨师，偶尔还会给王兄打电话，也就是说说闲话。最近一次打电话是在巴黎封城之后。

“法国这个样子，我不能歇着啊。我有个老乡在非洲的马里，说那里没病毒，有活儿。前些天我就到马里来了，先送几天外卖。有个工程队马上过来，一到我就给他们做饭去。老王，跟你说，这里人可热情了，太热情了。巴黎怎么样？不行就回国吧。”

我用手机查了一下，马里也有了病毒，已经确诊了二十五例，死亡两人。王兄和我又闲谈了几句，朝我挥挥手，回“孔府”。我站在路边上，有点怅然若失。他走到都柏林广场，一拐弯不见了。巴黎的大街上空无一人，显出一种惊惶的冷寂。

也许，脑中有个“定时炸弹”的老谭，此时正在西非马里炎热的荒漠中，架起锅灶，精心地给工地上的一群中国人烤着“鱼腹藏羊”。据说这道名菜，传自春秋时齐桓公的厨子易牙，至今已有二千六百多年。

2020.03.30

JE VEUX
OUBLIER
CE
MONDE
忘了这个世界吧

“一个三十多岁的年轻女子，因为挨饿，在地铁站哭泣。”《巴黎人报》说，“地铁空了，街上没人，流浪者无处乞讨。鬼魅一般的身影在首都空无一人的街道上游荡。”

我给西蒙打电话，问他小西蒙的情况。西蒙说，关到精神病院了。

小西蒙十多岁就在外面流浪，已经流浪了二十年。西蒙许多次想把他接回家，都被他强硬地拒绝了。只好偶尔给他一点钱，送他一点吃的。西蒙几天前到他每天睡觉的地方找他，突然不见了。小西蒙是绝不可能离开这里的。西蒙到警察局一问，才知道他被抓走了。

小西蒙四岁的时候，妻子与西蒙离婚了，带着孩子嫁给了一位体面的公证人。公证人很富有，在巴黎有座大房子。小西蒙上了很好的幼儿园、很好的小学、很好的中学。小西蒙经常离家出走。他的继父侵犯他。有一天，小西蒙带同学回家玩，这位和善的绅士又对这个孩子下手。孩子回家告诉了父母。父母立即报警。

公证人缴了巨额的保释金后回到家中，当晚就自杀了。

小西蒙不再回家，从此流落街头。母亲就当他不存在。西蒙听说消息后，满巴黎寻找，终于被他找到了。小西蒙装作不认识他。无论西蒙怎么劝他跟自己回家，小西蒙理也不理。西蒙毫无办法，只能隔一段时间就给他送点吃的。钱也不能多给。给多了，他一眨眼的工夫就花光。

我的好朋友郑鹿年先生和西蒙也是朋友。有一年圣诞节，西蒙请他陪着去看一看小西蒙。有一段时间了，小西蒙看到父亲就跑，根本不想见他。圣诞节是全家团聚的日子，大街上的店都关了，行人很少。天已经黑了，他们在奥赛博物馆附近找到了小西蒙。西蒙不敢走近，就远远地站着，让郑老师把五百欧元和一只烤鸡送给他。小西蒙接过去，对郑老师说了一声谢谢，一眼也没有看远处的父亲。

郑老师跟西蒙说："他穿得很暖和，就是头发有点乱。我走的时候还对我笑了一下。"郑老师因为还要跟家人团聚，在地铁站就和西蒙告别了。西蒙说他再待一会儿，一个人留在地铁口。从塞纳河上刮来的风很大，西蒙压了压头上的帽子，茫然地站在地铁站台阶的最上面。

有一天，小西蒙忽然消失了，怎么都找不到，警察也不知道他的去向。两年了，西蒙虽然已经很绝望，可是仍然会到他以前常去的地方走一走，希望能再见到他。西蒙的头发已经全白了，脸色也变得灰暗。不过每次出门，衣服还是穿得很整齐，围着长围巾，皮鞋擦得干干净净。

西蒙是在家里接到小西蒙电话的。他让西蒙送一顶帐篷给他，借电话给他的人告诉了西蒙地址。西蒙赶紧买了帐篷、棉被、衣物等，急急忙忙开车给他送过去。

小西蒙在巴黎的郊区。西蒙老远就看到了他，一个人站在一个小树林边的空地上，两手空空。西蒙一边从车上卸物品，一边小心地问他是不是回家去住。小西蒙一言不发，从父亲手上接过帐篷，自己安装起来。西蒙知道不可以劝说，也就帮忙布置。小西蒙朝他挥挥手，不要他帮忙，让他走。西蒙看他脸色通红，双手颤抖，眼睛里像要喷出火来，担心他会动手打人，赶紧开车离开。

在离小西蒙帐篷五百米的地方，有一个大帐篷。西蒙猜想儿子住在这里，一定与这个大帐篷有关系。过了一段时间，给儿子送了一些物品之后，绕了一圈，悄悄去拜访这个帐篷里的人。

大帐篷里住着一个吉卜赛姑娘，一只小摇篮里放着一个胖乎乎的小孩。这个大帐篷里应有尽有，就是一个完好的家，一个一千多年来典型的吉卜赛人的家。原来小西蒙失踪的这两年，与这个姑娘同居了，生了一个儿子。姑娘对西蒙说："我受够他了。他疯了。我决不会让他再靠近我和我的儿子。我会杀了他。先生，不管你是谁，我也不想再见到你。"

小西蒙一直住在这个日渐破旧的小帐篷里。他只是远远地看着那个吉卜赛姑娘和他的儿子，一步都不靠近。有时候西蒙来看他，他就由他在旁边坐着，不理他。一看到那个小孩走出帐篷，他就立即站起来，探着头望着，脚定在地上，一动不动。西蒙也站起来，紧张地看着。小男孩已经会走路了。

法国住房部发布消息说，已经有六百多个流浪者染上了新冠病毒，被送进了收留中心。全法国都封了。漫长海岸线上的沙滩，可以漫步的河畔和便于闲逛的树林都关闭了。政府不希望任何人在外面游荡，他们已经准备了五千个宾馆的房间，随时准备接收无家可归者。

工作人员在树林边发现了可怜的小西蒙，劝他住进宾馆。小西蒙突然发作，动起手来。警察闻讯赶来，把他抓去了警局。医生一番检查，确定他有危险的攻击性。小西蒙被送进了精神病院。

西蒙从警察局问到消息后，匆忙赶到精神病院。小西蒙来这里已经好几天了，刚刚吃过药，安静地坐在椅子上。他的眼神空洞，深不见底。他茫然地望着西蒙，像是忘了整个世界。

2020.03.31

迈松·拉菲特的美食家

UNE FINE GUEULE À MAISONS-LAFFITTE

费里克斯约我去巴黎普罗可布餐厅吃饭。他特意告诉我，这是一家一六八六年开业的古老餐厅，卢梭、伏尔泰和拿破仑，都曾是这里的常客。

我和费里克斯见过两三次，他是一位出版商。朋友向他推荐了我的《匠人》这本书。这一次他郑重其事地约了饭局，是想让我见一位神秘人物。

就这样，我认识了郑鹿年先生。郑老师建议我点这里的“炖小牛头”，他是美食的内行。我们点了一瓶味道很好的葡萄酒，边喝边叙家常。郑老师是上海人，祖籍浙江宁波，到法国已经将近三十年了。他说，看到我写的中国乡村的那些人和事，很亲切，就像回到了自己的少年时。这时的我，并不知道郑鹿年先生是一位翻译家。他是法国大诗人拉马丁的名作《格拉齐耶拉》、历史学家克洛德·德尔马《欧洲文明》的译者，出版了《小镜子》《口福》《中西大误读》等法语作品。现在他正在创作一部关于以色列的书，已经实地采访过多次。他读了《匠人》后，停下正在进行的写作，答应了费里克斯请他担任翻译的请求。他说：

“我希望能让法语传达出中文的美来。”

很快就到年底了，郑老师约了我、费里克斯和几位文化界的朋友在迈松·拉菲特他的家中迎接新年。他准备了香槟、意大利马提尼、阿尔萨斯白葡萄酒、勃艮第红葡萄酒，还有肥鹅肝、牡蛎、雪茄等。炉火把每个人的脸都映得通红。

一位优雅的女士朗读着郑老师新译出来的片段，远处教堂传来新年的钟声。我把一根根木头扔进壁炉。手中的一段木头，皮已经剥落了，露出许多虫子蛀过的小洞，然而年轮一圈一圈，无比清晰。一章结束，大家举杯。

书一章接着一章地翻译着。郑老师经常约朋友们来一起朗读。有时候在他家中，有时候在新桥下的绿地上，有时候在卢森堡公园。大多数是只有五六个人的小聚会，朗读完了，大家简单说几句，然后天南海北胡侃，大多跟文学无关。每次聚会郑老师都准备了让人惊喜的美食。如此一来，谁都盼着来参加我们的小聚会。

一年之后，书稿已经翻译完成，可是郑老师还不肯停手，他又继续改。二〇一八年春节，我们互致新年问候的时候，他已经把《匠人》改了八稿。

三月中旬，巴黎忽然下起了雪。天黑了，我照平时的习惯在外面散步，身上落满了雪。然后接到费里克斯的信息，约我去阿尔班·米歇尔出版社（Albin Michel）。书稿立即被他们接受，并在当年十月出版，首印一万二千册。

翻译的事告一段落，我与郑鹿年老师，已经成了无话不谈的好友。巴黎封城前我和他见过一次，是在伏尔泰大道附近的一家意大利餐馆。当时意大利已经有了疫情，不过巴黎很少有人在意，都觉得跟中国一样，离自己都很遥远。大概因为相当正宗的缘故，这家饭店生意过于火爆。郑老师来了三趟，都被告知要排两个小时的队，只好悻悻然放弃了。越是吃不到，越成心结。所以这次我们在饭店开门前一小时就到了，在附近的咖啡馆坐等。

餐馆一开门我们就进去了。时间不长，每张桌子旁边都已经坐满了人。我们点了那不勒斯厚底比萨、帕尔马火腿、西西里岛油炸米团、墨鱼面、佛罗伦萨 T 骨牛排、意大利水牛奶酪等，问郑老师口味如何？他点点头，脸上的神情甚是陶醉。当时我们就约好，过几天吃他亲自做的法式烤鸡。郑老师说了一串的形容词，里面还夹了几个专业的法文术语，说得我心痒痒的。

郑老师不愿意别人称他翻译家。他说："我最多算一个美食家，馋嘴好吃。不管中餐西餐，我都能吃出幸福感。真正的幸福，是在寻常的日子里。除非喝多了，其他时候唱出的高调，都是假象。"他想把这种踏实的幸福传递给我。

回家两天后，就听说意大利疫情大爆发，我心里一惊。我和郑老师稍一沟通，一致同意，放弃法式烤鸡，各自在家隔离十五天。

谁也没想到，我们自我隔离还没有结束，马克龙突然宣布巴黎封城。我与郑老师至今未见。我们向往的平凡的幸福，也戛然而止。

2020.04.01

ET SI LE MONDE RESTAIT AINSI

要是世界就这样呢

小提琴教师苏珊娜给我发了一连串的照片，几只野鸭子在空旷的歌剧院大街上自在地闲逛。“孔府”的王兄给我发来一段视频，一群野猪在巴黎寂静的路灯下觅食打闹。巴黎郊外的圣日耳曼给我写了一封信，说他池塘里的鸭子又飞走了两只。乡下的动物们大概以为人类已经让出了城市，纷纷开始迁移它们的领地。

圣日耳曼说：“我的鸭子们会不会不断飞走，不再回来呢？”再过一个星期就是圣日耳曼八十岁的生日，为此他已经准备了很久。巴黎封城，再也不会有盛大的派对了。他每天坐在院子里的池塘边上数鸭子。

几年前，圣日耳曼和妻子在金婚纪念日开了一个大派对，我到他家去过一趟。圣日耳曼年轻时做跨国运输贸易，挣了很大一笔钱。在乡下买了一座古宅，又进行了大肆改造，变成一座宽敞舒适的豪宅。三层楼，一楼是厨房、餐厅和一个巨大的客厅。客厅里摆放着他从世界各地收来的雕塑，件件都很精致。不过最让我喜欢的是靠墙的那座古典大壁炉。当天晚上聊天时，我就一直坐在旁边往里面添加木柴。二楼是五间卧室，一间连一间，每一间的布置都不一样。三楼是他的工作间。一面墙上立着一排带锁的书架，里面整齐地排放着精装的典籍。其中有一列是罕见的善本，每一本都价格高昂。地上铺着一张美丽的斑马皮，被打理得干干净净。对面墙上钉着几只雄鹿的头，每一只都很雄壮。这样的鹿头，我只在几座皇家城堡参观时才见过。从国王到贵族到大资产阶级，再到现在的有钱人，都有打猎的传统。墙上的这些壮丽的鹿头，都是圣日耳曼本人的猎物。他有好多把猎枪，放在隔壁专门的房间里，我没有去看。

这幢漂亮房屋的前面是一个小院子，只栽了几棵亭亭如盖的松树，不大。屋后面别有世界。开门出来，是一大片草坪，草坪后面是一个巨大的椭圆形池塘，池塘里慢悠悠地游着十几只鸭子和两只白天鹅。圣日耳曼给它们都起了名字。鸭子们长得几乎一个样，圣日耳曼却说每一只他都认识。池塘的另一边是一排漂亮的柳树，都是他栽的。“两百年前法国人提取出柳皮上的成分，被一百年前的德国人做成了今天的阿司匹林，而我本人，正有着德法两国人的血统。”圣日耳曼自豪地说。

我和另一个朋友提前一天到了，其他的客人们当天下午才陆陆续续到达。圣日耳曼已经在镇上最好的宾馆给他们订了房间。派对是下午四点开始的。乐队在宾馆的大花园里奏起欢乐的曲子，络绎而至的宾客们在这里握手寒暄，喝酒聊天。一百多位来宾，彼此大都认识，其中一半多是圣日耳曼打猎的伙伴。他们年龄都在五十岁以上，个个衣冠楚楚，显出风度翩翩的样子。

晚餐是晚上八点开始的。餐桌上放了每个人名字的牌子。这是最激动人心的时刻。大家的心思不在满桌丰富的菜肴，而在前面舞台上的表演。所有的演员都是前来参加派对的好友。有人抱一把吉他上去自弹自唱，歌词是自编的，像流浪诗人一般，吟唱着圣日耳曼荒唐的往事。大家一边听，一边会意地打着拍子。又有几个人穿着中世纪的服装，到台上表演了一段有关爱情的戏剧，主人公当然是圣日耳曼和跟他一起走过五十年的妻子。法国几乎人人都是潜在的喜剧演员，客人们不时被逗得开怀大笑。穿插其中的还有朗诵、演讲和乐器表演。刚才在花园里那些貌不惊人的路人甲乙丙丁，没想到个个身怀绝技。最兴奋的自然是圣日耳曼先生，他总是在鼓掌，总是在笑，总是扭过头去亲他旁边白发的妻子。

晚餐过后是舞会。他们是从猫王时代走过来的人，大部分舞曲都是他们热爱的摇滚。原本老态龙钟的先生太太们，仿佛又变得青春年少，抖着腿，摇着臀，挥舞着手臂，个个陷入忘我的迷情当中。累了，就用轻柔的小乐曲过渡，等他们慢慢恢复体力重来。

热闹的派对一直持续到凌晨一点，大家回房休息。醒了之后，各奔东西。客人们随手把支票或者现金放在一个专门的大盒子里。这是他们送给圣日耳曼夫妇的金婚贺礼。圣日耳曼只知道总数，不会有人在意某某给了多少。他用这笔钱，和妻子到阿根廷旅行了一趟。

此次派对后的几年来，圣日耳曼一直计划着今年四月这场八十岁的生日宴会。他打算更热闹些。然而新冠病毒完全破坏了他的计划。他给每一个朋友都写了信，对派对的取消表示极大的懊恼，同时沉痛地诉说着“古斯塔夫”和“维克多”怎样不辞而别。栖息在他池塘里的野鸭们，都有一个法国作家的名字。

平日里，圣日耳曼家每天都有客人登门拜访。他有一张表，提前一个月，就安排好了每一天的客人。他的生活就是与人喝酒聊天，不能有一天空着。巴黎封城之后，再也没有一个客人上门。圣日耳曼一早起来就坐在柳树下望着池塘里的“作家们”发呆。中饭也就简单吃一口，又默不作声地坐到那里，直到天黑。他给朋友们打电话：“要是病毒不消失，要是世界就这样呢？这会不会是人类文明的转折点？我们会退到哪个时代呢？”

朋友们怕他精神出问题，打算给他买一条狗，在他生日当天送到。有人已经给狗起了名字，叫“昂方”，法语的意思是“孩子”。

圣日耳曼有一个独生子，大概因为反对圣日耳曼打猎，也可能生了什么病，跟他决裂了。独身一人住在巴黎的一个小公寓。十多年来，不肯要他一分钱，也不跟他见一面。

2020.04.02

FRANÇOIS, L'AVENTURIER

弗朗索瓦的乌托邦

我对复活节的假期早有安排。郑鹿年老师约我去他的好朋友弗朗索瓦家小住。他家离昂热城有三十多公里，屋后面有一座开满花的小山坡，四月正是最美的时候。“我们坐在山坡上就能看到卢瓦尔河上的夕阳。”郑老师说。

明天就放假了。“火车站、机场、高速公路，所有交通要道，我们将严阵以待。坚持出门度假，是一个愚蠢的想法。”巴黎警察局长拉勒芒说。明天一早，巴黎将出动八千多名警察。整个法国出动的警察和宪兵人数是十六万。这个春天，我们只能在自家窗口看夕阳了。

弗朗索瓦早已知道我们会错过这个美好的约会。为了安慰郑老师，他寄来了一瓶珍藏多年的蜂蜜酒。酒是他自己酿的，藏在他在山坡腹中挖出的酒窖里。酒窖像一座坚固的地下掩体。里面除了有巨大的酒桶、成排的酒架，还有床、清洁饮用水和必要的食物。

一九六八年春天，切·格瓦拉在玻利维亚牺牲几个月之后，弗朗索瓦怀着对他崇高的敬仰，逃离富有的家庭，从法国跑到古巴参加革命。他为人类的不平等感到愤怒，他痛恨资本主义的残酷与资产阶级的虚伪。“只有战斗才能改变这一切。”他希望深入年轻的古巴，体验火一样的激情，并且毫不犹豫地去战斗。

两年之后，饱受打击与苦痛的弗朗索瓦重又回到了法国，在卢瓦尔河边买了一幢废弃的农舍和一座荒凉的小山，过上了农夫生活。半个世纪来，他几乎没有离开过这里。天一亮就起床，穿上洗得发白的工作服，套上长筒的橡胶靴，到地里干活。他要做的事情太多了。没日没夜地干，像一个正遭受惩罚的苦刑犯。“我要用汗水洗涤我躯体上的污垢。”他说话像圣徒，事实上他不信教。他希望打造一个属于自己的世界，一个完美的乌托邦。

他首先翻修了破败不堪的农舍，让它变得结实、暖和。然后平整农舍后面杂草丛生的那一大片荒地。他缓缓地在这块土地上种植了小麦、蔬菜、果树、迷迭香和鼠尾草。然后，又向那座小山发起了进攻。他砍去了乱七八糟的杂树，栽上了葡萄。葡萄树还小，要慢慢长大。他又把所有的空地，都撒上花籽。春天有春天的花，夏天有夏天的花。秋天有满树的果实，冬天有满山的白雪。在第一年花开的时候，他就买来了好几箱的蜜蜂。蜜蜂从他的土地出发，沿着卢瓦尔河边的鲜花，四处飞舞。这个远离城市和村庄的小农场，成了弗朗索瓦的世外桃源。

就在弗朗索瓦从古巴回来的当年，他就开始在山坡上挖掘一个巨大的洞穴。偶尔前来拜访的客人会好奇地问起用途，他说是酒窖。的确是酒窖，又不完全像酒窖。酒窖根本不需要这么大，这么开阔与隐蔽。所有看过他酒窖的人，总会觉得奇怪。一年又一年，他把挖出来的土，又在山坡的脚下堆成了一个小山包。

葡萄丰收了，蜂蜜也丰收了。弗朗索瓦用葡萄和蜂蜜酿出了一种味道特别的酒。他的酒一部分送朋友，一部分卖了，换取生活用品和劳动工具，剩下的就仔细收藏在已经打造得阴凉、坚固，充满着神秘气息的酒窖里。

弗朗索瓦已经老了，更不愿意离开他的小农场。他有一条狗，一只很老的猫。院子的小池塘里养着郑老师送他的鲤鱼。山坡上经常跑动的有野兔、松鼠和刺猬。在隐蔽的草丛里，还住着几只漂亮的野鸡。野鸡是十多天前他从附近村庄里一个老人那里买的。老人养野鸡是为了猎人消遣。法律不允许随意射杀鸟类和动物，可是酷爱打猎的人心痒痒的，总想试试自己的枪法。野鸡飞不快。养它们的老人等打猎的人来了，就把它们放出去，由他们兴奋地开枪射击，然后让他们出一个好价钱买回去。

新冠病毒来袭，全法国都封闭了。卢瓦尔河畔也不能随意走动。所有人都必须待在家中。这一年，猎人们大概是不会出动了。老人已经没有能力养这一大窝的野鸡，他也不知道还要白白养它们多长时间，于是请求弗朗索瓦把它们买回去。他知道弗朗索瓦是多么厌恶听到枪声。弗朗索瓦买走了，回到小农场就全放了。一些不知道飞去了哪里，还有几只留在了山坡上。

“病毒不是我最担心的，我努力活过了。如果它找到我了，我会像浮士德那样说：‘真美啊，你停一下。’”弗朗索瓦在给郑老师的信中说，“我的野鸡开始孵蛋了。等你们的封锁解除，再来就能看到许多拖着长尾巴的大鸟了。”我从来没有见过弗朗索瓦，郑老师给我看他的照片。他穿着一件皱巴巴的灰色衬衫，戴着黑边的眼镜，满头白发，脸上带着天真的微笑。神情有点疲倦。

“真的很羡慕他。这次新冠疫情过后，许多人都会重新思考自己的生活方式。日出而作，日落而息。一日不作，一日不食。过自食其力的简单生活，大概会是许多人的梦想。”我说。

电话里听到郑老师开窗的声音，正是他抽雪茄的时间。他开着电视机，听起来很热闹。

“不是我们选择生活，是生活在选择我们。一年当中，弗朗索瓦总会发几次病，每次都是突如其来。失眠、烦躁，甚至发狂。症状跟福楼拜的病差不多。他从古巴回来后就这样。他就把自己关到山坡上的酒窖里。”郑老师说，“酒等你下次来喝，是你喜欢的味道，甜的，不涩。”

2020.04.03

CHEZ MOI, À BRATISLAVA

家在布拉迪斯拉发

今天是清明节，中国在降半旗哀悼新冠疫情中去世的同胞时，法国 BFM 电视台一个叫埃马纽埃尔·勒西普的评论员竟在电视上说：“他们正在埋葬神奇宝贝。”这句可耻的蠢话立即在法国掀起巨浪，法新社、《费加罗报》《西南报》《时报》等等法国媒体很快发出批评报道，无数法国人在推特上表达对他的鄙视与愤怒。世界各地的人在“改变网”上发起线上请愿，要求他立即辞职。

晚上八点多，朱莉叶给我打来电话。她说：“对于埃马纽埃尔而言，中国人、法国人、斯洛伐克人，所有人的生命都不值得尊重。他不爱人类，他是一个冷酷的人。他的心是冷的，血也是冷的。”

我和朱莉叶是在一个朋友的小型商业酒会上认识的。她被请过来演奏小提琴，拉的是莫扎特的小步舞曲，琴声轻快，如春风拂面。朱莉叶的动作很随意，曲调却非常完美。她很年轻，却有着一种天然的大师风范。朋友向我介绍说：“她是斯洛伐克国家乐团的首席小提琴手。”

对捷克、斯洛伐克、匈牙利、波兰这几个中东欧国家，我有着一种说不出来的亲近感。朱莉叶和她的朋友们在巴黎组建了一个乐队，我特意去看了几场他们的演出，都很棒。因为被邀演出的机会不太多，大家另外都有自己的工作。

朱莉叶的家在斯洛伐克的首都布拉迪斯拉发，她和男朋友就是在那里认识的。男朋友是法国人，三年前得了一种严重的慢性病，必须回法国治疗。朱莉叶辞掉国家乐团首席小提琴手的职务，随他来到巴黎。布拉迪斯拉发皇冠上的明珠，黯然淹没在巴黎的喧嚣之中。朱莉叶因为男友的缘故，在斯洛伐克时就开始学法语，日常交流已经毫无问题，可是到巴黎已经半年了，仍然找不到工作。

她参加了朋友组织的一个乐团，乐团的演出很少，挣的钱可以忽略不计。有时候她会去酒会上演奏，那里的人们只顾自己喝酒、聊天、彼此献殷勤，很少有人在意她的琴声，每次都会让她心里很难过。她不想去。即便这样让她难过的机会也不是很多。她开始教几个孩子小提琴，他们住在不同的地方，相隔都很远。她一半时间上课，另一半时间挤在地铁上。她不喜欢钻在地下坐巴黎的地铁。如果时间允许，她宁愿坐公交车。虽然这是老年人的最爱，她也喜欢。她可以从从容容地看看巴黎热闹的样子。对于这几个男女学生，她曾经跟我抱怨过，没有一个是可造之才。可是她必须对每一个进行夸赞。每次上完课出来，都是身心俱疲。

男友养病在家，不可能有收入。她这点零零碎碎的钱，仍然不够生活。必须有一份固定的工作。来巴黎一年多后，她在一家大型超市找到一份收银员的工作。她给我写了一封信，告诉我地址，说有空时可以去那里看她。我偶尔会坐好几站地铁专门去那里。每次朱莉叶都在忙，总有人买一大堆东西在排队。我排在队伍里一点点向她靠近。她纤长的手指飞快地拿起鱼肉、水果、牛奶、巧克力等等，行云流水般刷过二维码，“嘀”“嘀”“嘀”，一声连一声，单调而平稳。到我了，她刷码的速度降下来，和我说几句闲话。时间不能太长，后面有人在等。我也就问一问她最近有没有什么演出，男朋友的身体如何。她总是说：“他的病需要耐心，会好起来，谢谢你。”

有一个星期六，玛丽耶特来我家做客，我同时约了郑鹿年老师，想请他翻译玛丽耶特与死囚的通信。信是用英文写的。郑老师精通法语、英语，熟悉俄语、德语、西班牙语，最喜欢的事是找不同国家的人聊天。我们正在喝茶谈论的时候，门铃响了。是朱莉叶。她原本今天去参加一个排练，因为“黄马甲”游行时与警察发生冲突，他们的场地受到威胁，只好临时取消。附近的地铁站都封锁了，她排练的场地离我家不太远，于是顺道来我家坐一坐。对于朱莉叶的到来，最高兴的是玛丽耶特，她对陌生人最有兴趣。拉着她问长问短，然后十分直露地请求说，能不能演奏一曲？朱莉叶性格爽直，打开琴盒，拿出小提琴，试了试音，随手拉了一曲。是维瓦尔第的《和谐的灵感》。随着她的琴声，整个下午谈论死囚牢笼生活的压抑一扫而空。玛丽耶特激动地站了起来，郑老师的脸上也显出欢喜的神情。

在这之后，半年多时间，我和朱莉叶没有再见面。她离开了那家超市，去了一家房屋中介公司。他们的乐队一直没有演出。

中间朱莉叶给我写过一封信，说男朋友的病差不多好了。她打算一个人回布拉迪斯拉发。“我还是想回去拉小提琴。”她写道，“我在找需要我的乐团。欢迎你来斯洛伐克玩。”

巴黎封城之后，许多人都在用音乐安抚人们的恐惧。朱莉叶联系了她乐团的队友们，用网上的视频软件，各自开一个窗口，合奏了一曲交响乐。她还和男朋友住在一起，家乡暂时回不去了。斯洛伐克也已经感染了四百七十一人。所有新计划的实施，都要等疫情过去。朱莉叶现在就每天在家拉小提琴。

“冷酷的埃马纽埃尔只是他自己，不是巴黎。也许不在意别人苦难的人哪里都有。”朱莉叶在电话里说，“可我还是想回我的布拉迪斯拉发，封城结束就走。”

2020.04.04

LA PLAGE DE RABAT

拉巴特的海滩

刚刚在《世界报》上看到一则新闻，摩洛哥政府担心疫情蔓延，释放了五千名囚犯。看来摩洛哥的情况也相当紧张了。我突然想起达奈伯，于是赶紧给他打电话。

电话打通了，他没有回摩洛哥，还在法国的斯特拉斯堡。“这里疫情也很严重，正在用飞机和高铁把病人往德国送呢，实在没有空的床位。”我第一次没有听到他爽朗的大笑。

在来巴黎之前，我曾在斯特拉斯堡生活过一年，住在罗马路六号。那天刚刚安顿下来，公寓的门房就来敲门，问候他的新房客。我请他喝茶：“先生，你喝得惯中国茶吗？”“喊我达奈伯好了。中国茶我喜欢，我常常喝的。”我给他泡了一杯从中国带来的上等白茶。然后我们开始礼貌地交谈。诸如宴请宾客时，如果会闹得很晚，请先在电梯口贴一张致歉启事；如果有陌生人在对讲机里请求开门，请交给门房，也就是我来处理；垃圾袋要扎好才能扔进门前的洞：“不扎好，就是扔到我达奈伯的头上。”

我看不出达奈伯是哪个种族的。比白人黑，比黑人白，比黄种人颜色要深。我们的谈话即将结束，我发现达奈伯只抿了一口他宣称很喜欢的中国茶。他几次端起茶杯，装作漫不经心地递一个眼神给我，像是在暗示我忘记了什么。可是我毫无反应。达奈伯终于问我：“先生，你是不是忘了在这个茶里放糖了？”他以为所有的茶都像英国红茶。

我请达奈伯到家里吃过两次中国餐后，我们就成了好朋友。他是个快乐的人，每时每刻都在准备咧开嘴大笑。特别是在他自己讲过一句笑话后，更是顿足大笑。是的，他一边笑，一边拼命跺他的右脚。

达奈伯是斯特拉斯堡大学的数学硕士，做过几份不称心的工作之后，就在大学边上这座公寓楼做门房。门房的主要工作，就是清洁这幢公寓楼。和他一起工作的，还有他的妻子。他负责整幢楼的屋前屋后，天一亮就起来干活。不只是周围地面上干净得没有一片落叶、一点积雪，而且墙壁上都是干干净净。“我们这幢楼，是周围最好的。”他自得地说。

至于达奈伯夫人，我几乎每天上午都看到她在走廊里拖地。十二层楼，她一层一层擦洗得一尘不染。她长得很胖，应该是生了某种病，她是那么自尊和高贵。每次从她身旁走过，她都会停下手中的拖把，微笑着看着你，轻声说道：“早上好，先生。”像一位微服私访的女王。

达奈伯为他的夫人相当骄傲。圣诞节前，他给我送来一张贺卡，上面用极其优雅的书法，写着祝福的话语。

“这是我夫人写的。她的字比我的好。”听我发出由衷的赞叹，达奈伯快活地笑起来，使劲握着我的手摇晃。达奈伯夫人在大学里学的是历史，家里有一面墙全是她的古希腊语和拉丁文的书。

我去店里精心选了一沓贺卡，很漂亮，可谓精美绝伦。我当晚就送了一张给达奈伯先生和夫人，并附带一个小小的“红包”——这是每个房客在圣诞节前应该做的。

第二天一早，达奈伯装作很偶然的样子在大厅里遇到我：“先生，我可以跟你说一句话吗？”他的表情极不自然：“我和我的夫人是完全不在意的，毕竟，你是一位外国人。我是说，你昨天送给我的那种贺卡，是专门用来慰问逝者家属的。”

几乎全身的血都涌到我的脸上：“我太抱歉了。我实在不知道。我——”

“真的没有关系，我之所以跟你说，是怕你送给其他人。”他又爽朗地笑起来。

新年之前，为了弥补我的愚蠢行为，我隆重地邀请达奈伯夫妇来家里吃了一顿正宗的中国餐。为此，我到郊外的中国超市进行了疯狂采购。

晚餐愉快地结束了，我指着墙上的一幅中国篆书“谁家玉笛暗飞声”向达奈伯详加解释。这是来法国之前，南京篆刻大家孙少斌先生送我的。来法国愈久，这李白的诗句，就愈勾起我的思乡之情。达奈伯默默听完，让我打开电脑：“有一个网站，在全世界的许多城市，都有一个固定机位的摄像头，你可以看到实时的影像。”在这个网上，我没有找到南京。达奈伯一下子就找到了他的故乡。镜头正对着摩洛哥首都拉巴特的一处海滩。

“我每周六的同一时间，都会上网看这个镜头。我家乡的亲人和朋友，会特意从这里经过，在这个镜头前朝我挥手。”达奈伯到法国已经三十多年。

“你们摩洛哥怎么样？”我在电话里问他。

“不太好。将近一千人染了病，已经死了六十九人。政府让人们禁足在家，可是还是有许多人不听。昨天大街上还挤着很多人。军队已经把装甲车开上拉巴特街头了。”

“你和你夫人都好吧？”

“我们二十天没出门了。”达奈伯说：“我现在更担心拉巴特。”

离开斯特拉斯堡已经六年多了。离开的前一天，我去和达奈伯告别。我们在一起坐了很久。他跟我说：“我是柏柏尔人。历史上，腓尼基人、希腊人、罗马人、拜占庭、奥斯曼帝国都曾入侵并且试图改变我们，现在，我们的文化已经被基督教和伊斯兰教同化得差不多了。但我们的文化并没有消失。”他从口袋里掏出一本小辞典：“我一直在学我们正在消亡的文字。”

达奈伯找出一张小纸条，用柏柏尔文在上面写下自己的名字。我原本一直收藏着的，一晃五六年过去，找不到了。等疫情过去，我打算去斯特拉斯堡一趟，我想请达奈伯用柏柏尔文给我写一句话。达奈伯说，他们的文化有一万年。

2020.04.05

LA MORT
DU CHAMPION
DE JUDO
死于病毒的柔道冠军

“口罩是有用的。政府不应该欺骗民众，而是应该坦承口罩无法满足民众的真相。”法国共和党今天对政府进行了严厉的指责。这个真相我们华人早就知道，封城之前许多人就已经在收集口罩。今天下午两点多，有人按门铃，快递员终于送来国内朋友寄来的几十只口罩。我立即给马克打电话。

马克在一个特殊行业工作，每天都要冒很大的危险和别人打交道。他没有口罩，一只也没有。我早就想好如果收到口罩，分一半给他。毕竟我可以不出门，他却要每天在外面跑。口罩太难了。有朋友说从国内寄给他的口罩已经被没收，万幸收到的也要交高额的税。法国政府已经相当焦虑。

马克很晚才来。我把口罩放在大门外，马克给我带来一大包蔬菜。我们隔着门说话。“我的一个朋友昨天死了。”马克的声音很沮丧，“我们都是练柔道的，他的身体棒极了。我不会再相信老人是易感人群的话。他们前不久还在说口罩对抵挡病毒毫无用处，现在呢？到处都是谎言。”

马克的朋友叫西里尔·布朗厄尔，才三十七岁，是巴黎里昂火车站安全小组的主管，性格非常好，大家都很喜欢他。“他总是在笑，浑身都像有力量在流动。谁会想到厄运会落在他头上呢。”马克说。

西里尔曾经是一名宪兵，也是一名高级柔道运动员。二〇〇五年，他来到巴黎大众交通公司工作，后来还当了交通工会的成员。马克龙总统宣布巴黎封城的两天之前，他和同事就一起呼吁对火车站实行隔离措施。交通部门已经有警察和工作人员感染了新冠病毒，他们认为火车站相当危险。随后他们又请求给工作人员发放口罩。可是救命的口罩，直到四月二日才姗姗到来，整整迟了十五天。此时的西里尔已经染上了病毒，而且病情发展很快。巴黎的床位已满，病人不断地在往城外送。上个星期，西里尔被送到里尔市的重症室抢救。四月五日，三十七岁的西里尔去世。

西里尔的去世，不仅极大地震撼了他的朋友们，同时引起了巴黎人的关注。他是一位法国柔道冠军。他参加的是年长组级别的比赛，参赛人的年龄在三十五岁以上。这是一个了不起的荣誉。马克说：“西里尔获得冠军后，朋友们都为他高兴，好好地为他庆祝了一番。谁也不会想到，他会被病毒击倒。这太不能让人接受了。”

同样不能让人接受的，是另一个人的死去。他也在交通系统工作，算是西里尔的同事。他是圣丹尼地区公交汽车的负责人。这位先生才五十一岁，是九三省手球协会的主席。

“专家们先是告诉我们，年老体弱、身患疾病的人是新冠病毒的易感人群。现在西里尔和他的同事，都是身体很好、年轻力壮的人，也死了。我们对这个病毒到底了解多少？美国、法国、中国，都有人声称发现了特效药，可是全世界已经有一百三十万人染病，人们正在不断地死去。仅仅法国今天就死了八百多人。”马克说，“我们只是装作自信的样子，其实一无所知。”

“马克，要有信心。你看，中国现在情况就好多了。”我说。

“只要特效药和疫苗没有研制出来，地球上没有一个人是安全的。我刚刚听说，英国首相病情突然恶化，已经转入重症病房了。”马克说，“再见，我的朋友，为我祝福吧。”

马克走了，他忙着要去为西里尔的妻子和孩子募捐。西里尔的家在索姆省的一个小村庄，妻子在家带两个孩子。西里尔死了，家里的收入就断了。他的大儿子十一岁，小儿子才十八个月。

2020.04.06

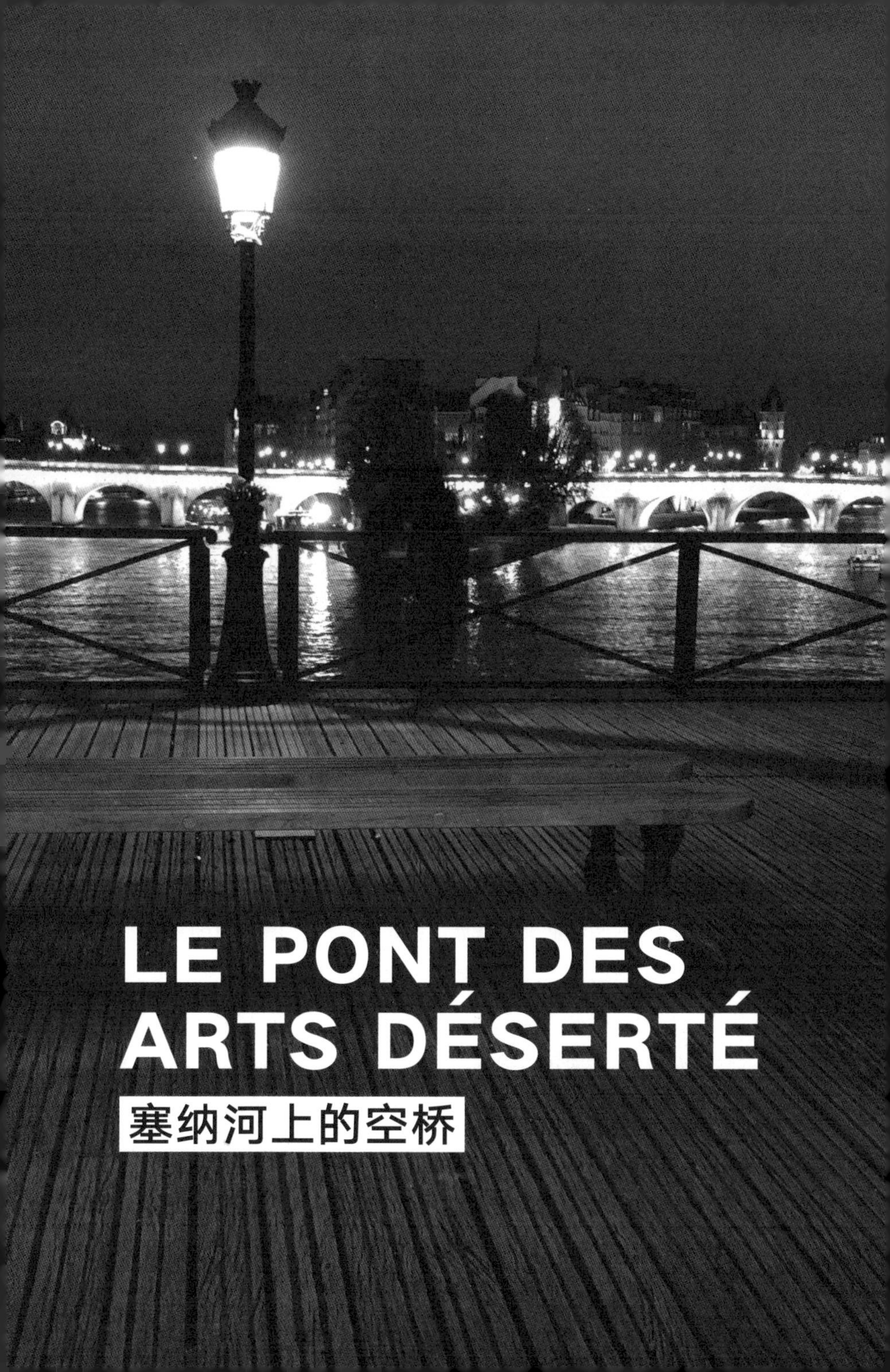

LE PONT DES ARTS DÉSERTÉ

塞纳河上的空桥

圣心大教堂的左边是圣皮埃尔教堂，圣皮埃尔教堂的左边是小丘广场。因为新冠病毒，百年来从未关闭的圣心大教堂关闭了，最热闹的小丘广场也变得荒凉寂静。拥挤的游客陡然消失，给游客们画像的画家们也不见了。乔·雷诺阿不知道去了哪里。

乔是一位中国画家，因为疯狂热爱印象派画家雷诺阿，我们就喊他乔·奥古斯特·雷诺阿，他很高兴。不过平常嫌麻烦，我们只喊他乔。乔是画油画的，不过大部分时间不画，在小丘广场上摆一个摊子，给游客画素描。

第一次见乔是在一个画展上。我随一个朋友去看热闹。这是几国在巴黎的画家的一次联展，组织者是一位有钱的公证人，展厅就是他家宽敞的客厅。来的人不多，应该都是主人和参展画家的朋友。大家端着酒杯看画，低声说着话。一圈看下来，也就觉得乔的画有一种亲切感。他画的是人，中国人，他故乡的人。的确有雷诺阿深情温暖的味道。色彩也漂亮，干干净净。

乔站在一个僻静的角落里，朋友带我去见他。我们握了握手，他的手很有力，连说了四声“你好”。回头让旁边的一个女孩喊叔叔。她是乔的女儿。我对乔的印象很好，低调、真诚、热情。画展上没法畅谈，约了过一周到小丘广场去看他。

我是从家里走过去的。不远，二十几分钟就到了圣心大教堂的下面。从这里上山有点累，台阶很多，到处是人。同时要提防小偷和试图把带子扎在你手腕上的游荡青年。从圣心大教堂到小丘广场的巷子里人更多，不断有手持纸和笔的画家拦住游客招徕生意。游客不管是拒绝或者接受，双方都显得彬彬有礼。到处洋溢着一种节日的喜庆气氛。

小丘广场中间是露天咖啡座，四周摆着一圈画家的摊位，每个摊位上都撑着一把大伞，挡阳光，也挡雨，巴黎总是在下雨。有画水彩的，有画油画的，有画水粉的，还有人用各种材料在拼贴涂抹着，摊位上满满地摆着他们的代表作。大多数出售的作品画的都是巴黎的风景，实在说不上多好。只有挂着漫画和素描作品的摊位是给游客们画肖像。这样的摊位最多，游客们也愿意凑趣，许多椅子上都一动不动地坐着摆着美丽姿态的各国模特。

乔一个人坐在伞下面，捧着一本中文书在看，没有顾客。看到我，赶紧站起身来握手。他的摊位跟别人不一样，没有挂许多大大小小的画，只挂了一幅大幅速写。一个年轻女孩穿着碎花的裙子，坐在一座木板桥的长椅上。桥的栏杆上挂着许多锁。女孩眼神亮亮的，像是好奇地打量着眼前来来往往的游客。所有的线条都很简洁，长短粗细都恰到好处，一看就知道是一挥而就，几乎没有任何涂改。这是他女儿的样子，不过看起来要成熟些、外向些。他女儿太腼腆了。

我们也就说说闲话，东拉西扯，不着边际。大概过了半个多小时，朋友才来。乔坚持要请我们到边上的咖啡座坐一坐。我要了一杯卡布奇诺，他们喝的是意大利浓缩咖啡。偶尔会有人在乔的那幅速写前面站着。大概坐了一个多小时，来了一位高个子中年人，很认真地看那幅速写，然后东张西望，喊道："Hello!"乔站起身走过去。那人问他这幅画多少钱。"No."乔摆摆手。

我们与乔告别之后，慢慢走下山。朋友跟我说，几年前乔曾经卖过一幅油画。卖了心里又后悔，后来就没卖过。价格高没人要，低了，他自己又觉得不舍。他现在油画画得少，特别想画了才画。好在给人画素描，一个月也能挣不少，生活和女儿的学费都够了。

"那幅速写是他女儿吧，画得真好。"

"是他妻子，出车祸死了。"朋友说。

之后又跟乔见过几次，他一次也没有跟我谈他的油画。巴黎封城后，我给他打过几次电话，手机一直关机。前天突然给我回了电话过来，说这二十天，把自己关在一个朋友的仓库里画一幅画。"我在画一幅大画，一幅巨大的画。"他说。

乔跟我说，他在画塞纳河上空荡荡的桥。他没说是一座桥，还是许多桥。我立即就想到了艺术桥。他给妻子画的那幅速写的背景是艺术桥，挂在桥上的那些锁叫"爱情锁"。据说情侣如果把锁锁在艺术桥上，钥匙扔进塞纳河，就能永远锁住他们的爱情。因为挂锁的人太多，二〇一四年艺术桥的一段不堪重负倒塌了。市政厅的工作人员于是拆除了所有的爱情锁，并且用玻璃墙挡住栏杆，让人们没办法再“锁”上他们的爱情。可是不屈不挠的爱人们，仍然想方设法，在路灯杆子上锁起了一串串爱情锁。这些锁因为不会对古老的桥构成伤害，已经顽强地存在了好几年。

巴黎封城后，工作人员趁桥上没有行人，突然把最后的这些爱情锁全拆了。

艺术桥是两百年前拿破仑下令建造的，一端连着法兰西学会，另一端连着卢浮宫。最早在这里挂上爱情锁的，是一百年前的一些悲痛欲绝的女孩。她们站在艺术桥上眺望着远去的河水，苦苦思念着再也不能从战场上返回的恋人。一百年后，新冠病毒猛然来袭，病毒已经夺去了一万多个法国人的生命。陡失爱人的悲伤又弥漫在巴黎的上空，如黑压压的乌云，怎样也不能驱散。

2020.04.07

UN AVEUGLE
QUI VOIT
LA LUMIÈRE
我知道亮光在哪里

孤独。焦虑。悲伤。恐惧。疯狂。

被困家中的许多巴黎人向外伸出求救的手。巴黎卫生局刚刚开通了免费心理咨询热线。著名心理分析师戴尔芬·雷娜尔的电话更是响个不停。

“我很害怕。”有人颤抖着给她打电话。

“我也害怕过。我知道恐惧是什么。”戴尔芬说。

“夫人，我正处在最黑的黑暗当中。”有人在电话中绝望地喊着。

“我知道。我知道黑暗是什么样子。”戴尔芬说。

戴尔芬是一位盲人。她被一颗炸弹炸到了。

阿尔及利亚战争期间，阿国的极端民族主义分子，试图以谋杀的方式，逼迫法国政府承认他们独立。他们选择的对象是戴高乐总统的亲信，文化部长安德烈·马尔罗。炸弹安放在马尔罗家的窗户旁边。

马尔罗是一位著名作家和社会活动家。他写了一本有关中国的小说，叫《人的境遇》。这本书获得了一九三三年的龚古尔文学奖，一下子让他成为大作家。二战中，他曾经带领抵抗军与德军奋勇作战。他还是解放阿尔萨斯战役的纵队总指挥。一九六五年的夏天，他作为戴高乐总统的特使访问中国，受到了毛泽东主席的接见。

炸弹爆炸的那一天，马尔罗不在家中。

在马尔罗家的楼下，一个四岁的小女孩正在玩耍。炸弹突然爆炸，小女孩满脸是血。炸弹炸瞎了她的眼睛。这个不幸的女孩叫戴尔芬·雷娜尔。她躺在家里，世界一团漆黑。马尔罗部长一次也没有来看过他的女邻居。

著名的马尔罗先生一九七六年去世了。他被送进了伟大的先贤祠。他的妻子是一位著名的钢琴家，叫玛德莱娜。她的父亲是钢琴家，母亲是歌唱家。她五岁开始学琴，十九岁时被聘为巴黎音乐学院的钢琴教授。二〇一二年，这位已经九十七岁的老人出版了自己的自传。书名叫《带着些许私密》。因为马尔罗与中国有着特殊的关系，她希望这本书能翻译成中文出版。经过辗转的关系，她找到了翻译家郑鹿年先生。

我在郑老师家看到一张马尔罗夫人弹奏钢琴的照片，那是她第一次来郑老师家做客，即兴演奏时拍的。“她对乐谱烂熟于心，弹奏钢琴时随心所欲。看着她灵巧翻飞的手指，谁都不相信她是一位年近百岁的老人。”郑老师说。不久之后，郑老师就到马尔罗夫人的寓所进行了回访。

“她家的窗外就是埃菲尔铁塔。”郑老师说，“我们面对面坐着。她的眼睛非常有神，甚至可以说很灵动。她谈吐优雅，有着一种奇特的吸引力。我在她家看到一幅她年轻时和肯尼迪总统夫人杰奎琳的合影，真是一位大美人。”

不久之后，马尔罗夫人在巴黎开了一场音乐会，特意邀请了郑老师。两家越来越熟悉。郑老师和她的儿子和孙女都成了好朋友。二〇一四年，马尔罗夫人去世了。《费加罗报》说：“世纪一页随之翻转。”

马尔罗夫人曾和郑老师说起那个眼睛被炸瞎的女孩。“不知道她现在怎样了。”她叹口气。马尔罗晚年时脾气变得相当乖戾。她忍无可忍，痛苦地带着儿子离他而去。她为马尔罗感到愧疚。小女孩一家不知道去了哪里，完全失去了消息。

郑鹿年老师已经把玛丽耶特与死囚的通信全部译成了中文。他们现在是很好的朋友。郑老师经常到她家去做客。“鹿年，你知不知道有个被炸弹炸瞎眼睛的女孩，叫戴尔芬·雷娜尔？”有一天，玛丽耶特与郑老师闲聊。

玛丽耶特刚刚在《费加罗报》的头版看到一条消息：“《人生的路自己定》，戴尔芬·雷娜尔自传出版。”戴尔芬的眼睛瞎了，却一直在努力学习。她考上了巴黎政治学院，然后又攻读心理分析学，现在成了一名出色的心理分析师。郑老师立即买了她的自传回家阅读。

“应该是和解的时候了。”郑老师跟玛丽耶特说，“马尔罗已经去世多年，两家的怨恨应该消除。”

玛丽耶特给出版社写信，请他们转交给戴尔芬·雷娜尔。几天之后，戴尔芬给玛丽耶特回了电话。

他们去了戴尔芬的工作室。戴尔芬侃侃而谈，气质谦和优雅，如果不是他们知情，根本看不出她是一个盲人。对于自己的厄运，她只是轻描淡写地说了几句。她对那位已经不在了的马尔罗部长也很淡然，看不出有什么怨恨。

“我和马尔罗的儿子是朋友，你同意见他一面吗？”郑老师小心地问。

“好啊。”戴尔芬说，依然是一脸宁静的微笑。

戴尔芬·雷娜尔和马尔罗的儿子阿兰见了面。告别的时候，他们行了贴面礼。一个五十年的结解开了。也许，在戴尔芬心中，从来就没有这个结。

“巴黎封城后，我给戴尔芬写过信。”郑老师说，“她有一种软件，可以把信读出声音来。她很忙，她大概是我认识的人里面，这段时间最忙的了。”

戴尔芬说，她之所以选择心理分析师这个职业，是因为有太多的人迷失在黑暗之中。“我知道亮光在哪里。”她说。

2020.04.08

LA BELLE VIE QUE J'AI VÉCUE 我活了美好的一生

我每天都和郑鹿年老师通电话。我们一起去过很多地方，我们有许多共同的朋友。现在，我被关在巴黎的小房间里，他也被禁足在郊外小镇的家中。彼此都很孤独。

“养老院的情况很糟糕。今天一天就死了九百多人。”我说。

“我也注意到了，三月份以来，法国养老院已经死了四千多人了。今年是老人的一个难关。”郑老师说，“莫里斯老爷爷也走了。”

“那位爱看《红楼梦》的老爷爷？”

“是的。他自己走的。”

莫里斯躺在一座宽大的浴缸里，当晨光刚刚从玻璃窗照到他脸上的时候，他睡着了。他是药剂师，他算好了时间。他用他最喜欢的葡萄酒送下了亲自调好的药。他睡着的时候，电唱机里放着埃里克·萨蒂的音乐。水温正好。

老人说，大街上空空荡荡。即便热闹的时候，也没有一个认识的人。“我的时代不在了。”

莫里斯住在法国南方马赛附近的一个海滨小镇。他的父母是种植葡萄园的农民。照当时的传统，莫里斯十四岁初中毕业后，就应该继承父业，回家种葡萄。老师觉得太可惜，劝说他父亲让他继续读书。家中贫困的父亲咬着牙，把他送到城里一所寄宿高中。高中毕业前，莫里斯从学校跑回家，找到正在地里干活的父亲。

“爸爸，我想当药剂师。”

父亲看了看他。学制药需要四五年时间，食宿学费是一笔巨大的开支，他负担不起。“孩子，你想学什么都可以。”父亲笑着说。

莫里斯兴高采烈地回了学校。父亲与母亲一夜未眠。他们想不出到哪里去筹这一大笔钱。第二天一早，父亲拖着板车到邻镇去运一种用鱼骨和粪做成的鱼肥。正在装车的时候，堆得像小山一样的鱼肥突然倒下来，一下子掀翻了板车。板车砸在父亲的头上。父亲被砸死了。

母亲离开家乡，到城里租了一间破旧的小屋，陪伴考取了医学院的莫里斯。莫里斯靠父亲的死亡赔偿金完成了学业。学校一毕业，莫里斯就带着母亲来到这个漂亮的海滨小镇，挣了一笔钱之后，买下一座药房。

莫里斯很快就成为小镇居民们尊敬的药剂师。他知道贫困的滋味。如果遇到穷人来买药，他就少收他们的钱，或者不收他们的钱。每年的圣诞节，他都会匿名给村里的穷人寄钱。他让女儿亲手绘制一张好看的贺卡放在寄出的信封里。他觉得这对女儿很重要。

他的母亲已经很老了，一直和他住在一起。一天晚上，老人回房休息，突然大声叫喊起来。一家人跑过去看。床上有一坨狗屎。那条叫卡尔的狗，可怜巴巴地蹲在墙角，被老太太责骂着。

“原来是狗屎，这没什么。”莫里斯伸手拿起它，放到头顶上，做着怪样逗老母亲。“莫里斯，你疯了！”老人惊慌地喊道。一家人哄堂大笑。原来这是莫里斯买来的一坨用木头做的假狗屎。他是逗老太太开心的。没想到老人生气了，两天没有理他。莫里斯从小就是一个喜欢乱开玩笑的人，经常会做出一些让人啼笑皆非的闹剧。

有一年，这个地中海边的小镇破天荒地下了一场大雪。莫里斯很兴奋，他对女儿说，我给你做一个真雪人。他脱掉衣服，只穿一条短裤，仰面躺在厚厚的雪地上，给女儿压出一个人形印子。正在厨房做饭的妻子，一抬头看到这个情景，吓得魂飞魄散。她跑出来，冲着莫里斯就是一顿乱打，让他赶紧穿上衣服。如果得了肺炎，会有生命危险。妻子和老母亲担心了一整夜。莫里斯倒是乐不可支。每当有客人来时，他都会装出一副苦恼的样子：“唉，你们可不知道我有多苦，我是一个挨老婆打的男人。”

多年前，郑鹿年就认识了这位有趣爱闹的莫里斯·维达尔先生。莫里斯已经老了。郑老师送给他一套《红楼梦》的绘画本。莫里斯戴上眼镜，仔细盯着里面这些漂亮的小人儿看，爱不释手。他拉着郑鹿年不停地问这问那。最后决定：“鹿年，你不要回巴黎了，就住在我家，每一页都帮我翻成法语吧。读不懂我会睡不着觉的。”鹿年只好在他家住着。

地中海潮湿的风一天天吹着，莫里斯越来越孤独。“莫里斯。”这是年轻的伙伴喊他。“维达尔先生。”这是小镇的邻居们喊他。“维达尔爷爷。”这是天真可爱的孩子们喊他。走在大街上，人人都会亲切地跟他打招呼。可是现在，伙伴们都不在了，妻子也已经在两年前去世。那些孩子们早就离开小镇去了大城市。大街上的人越来越少，很少的这些人，已经不认得他是谁。在这里住了一辈子的人，成了一个陌生人。

“郑老师，他身体有病吗？”

“他没有病，思维也很清晰。女儿每天给他打电话，讲各种新鲜事，逗他开心。”

“是不是因为妻子去世了，他太难过，觉得没有她的世界与他无关了？”

“妻子去世，对他的打击是很大。他更孤独了，笑容也少了。可是他并没有绝望。我去看过他。他对这个世界还是充满着好奇，兴致勃勃。”

“他为什么要走呢？过几个月就一百岁了。”

“他给每个儿孙都写了一封信。他说他活了美好的一生，现在到了该离开的时候了。这个世界已经与他无关。”

“可是，活着，不才是最美好吗？”

“对于生和死，每个人的理解不一样。可以坚强地活着，也可以幸福地离开。”

莫里斯的台灯还亮着。他在灯光底下翻看了一本厚厚的相册，里面有他一生的岁月。相册旁边有一本诗集。他在信中说，他会在走之前，读一读他最喜欢的诗。给孩子们的信就放在诗集旁边。晨曦从窗外透进来，莫里斯睡着了，像进入了一个甜甜的梦。

我家对门邻居的钢琴声，水一样流进来。有人在为医护人员鼓掌，远处响起了火车、汽车鸣笛的声音。郑老师挂了电话，他也要去门口鼓掌。此时，法国总统马克龙正匆匆赶往离莫里斯小镇不远的马赛，紧急会见地中海研究院的主任拉乌尔教授。非常多的法国人，相信他的氯喹治疗法，能把人从死亡线上拉回。人们总在期盼奇迹。所有人都在等待下周一总统的讲话。

2020.04.09

QUI EST-IL, MON PÈRE

我不知道他是谁

晚上七点之后，我特意到克利希大街走了一圈。玛丽耶特跟我说，二十多年前，她就是在这条路上遇到那个波兰姑娘的。

也就十多分钟的时间，我身边驶过五辆救护车、三辆警车，虽然路上很空阔，几乎没有车辆和行人，它们还是响着紧急的鸣笛疾驰而过。情况依然相当紧张。今天一天，法国又死了九百多人。

玛丽耶特跟我描述过大概位置，可是我根本不可能找到那个确切的地点。一辆车身上印着“公民服务”字样的车停在路边，两位穿着黄马甲的工作人员正给一个流浪汉递送着食物。四周空空旷旷。

有多少人从那个波兰姑娘的身边走过？当时的街上是冷清还是热闹？玛丽耶特完全没有在意。她只看到一个年轻的姑娘，坐在路边上哭泣。

女孩的衣着很得体，可是已经不太干净了。红皮鞋上全是灰尘。天没有黑，路灯正一盏一盏在点亮。街边的那家店已经关门了，她坐在门前的台阶上，捂着脸，无声地在哭。玛丽耶特弯下腰来轻声地问她："亲爱的，我能帮你什么吗？"

女孩抬起头，脸上全是泪。

男友知道她怀孕之后，把她抛弃了。她是波兰人，现在独自一人，漂泊在巴黎街头。她已经两天没吃东西了，口袋里一分钱也没有。

玛丽耶特工作的牙医诊所在这附近，她刚刚下班，准备乘地铁回家。她让这个姑娘等一等，飞快地跑到旁边的快餐店里给她买来一份饭。玛丽耶特坐在她旁边，一边等她吃饭，一边听她诉说来到巴黎后遭遇到的狂热爱情，以及突如其来的可怕噩梦。看着这个脸上满是灰尘和泪痕的年轻姑娘，玛丽耶特叹口气，心里既疼痛，又愤怒，眼睛里噙着泪水。"如果你愿意，我陪你去找那个……那个逃跑的年轻人。"玛丽耶特说。女孩摇摇头。

"好吧，你跟我回家。"玛丽耶特拉住波兰女孩的手。

丈夫看到玛丽耶特领着一个脏兮兮的女孩回家，什么也没说。吃过饭之后，立即又钻进他楼上的书房，继续研究他的贝当元帅。他不管妻子的事，他知道妻子是怎样一个人。

波兰女孩在玛丽耶特家已经住了八个月。玛丽耶特到南部的乡下看望父母。没想到才去两天，就接到丈夫的电话。波兰女孩被紧急送到医院，孩子要出生了。

等玛丽耶特回到巴黎，波兰姑娘已经生下一个健康的小女孩。她请玛丽耶特给孩子起个名字。玛丽耶特说，叫阿黛尔吧。她正在看《雨果夫人回忆录》，阿黛尔是雨果夫人的名字。

波兰女孩不肯再住在玛丽耶特家。玛丽耶特东奔西走，给她租了一间合适的房子。因为价格低廉，家中空无一物。玛丽耶特向朋友们求助。有人送来了全套厨具，有人送来卧室的家具，有人送来婴儿床，有人给孩子送来几大包的玩具。家里布置完毕了，大家再凑一笔资金，让波兰女孩重新启动生活。

玛丽耶特一有时间就去看小阿黛尔。孩子越长越可爱。阿黛尔已经会对玛丽耶特咯咯地笑了。有一天，波兰姑娘带着孩子突然消失了。一句话没留给玛丽耶特。玛丽耶特找过几次，波兰姑娘和阿黛尔就像消失在空气中，谁也不知道她们去了哪里。

一年、两年，五年、十年，波兰姑娘杳无音信。每年阿黛尔的生日，玛丽耶特都会念叨，小阿黛尔长多高了？过得好不好？每次去教堂，她都会长久地跪着，为阿黛尔祈祷，希望圣母保佑她。她想念这个可爱的孩子，担心她会受苦。

十年过去了，二十年过去了。只要去教堂，玛丽耶特总要为阿黛尔祷告。看到和她差不多年龄的孩子，她每次都要多看几眼。“小阿黛尔也像她一般好看了，说不定比她还好看呢。”她想。

一个星期天的上午，玛丽耶特正在给她的朋友写信。她总是在写信。给父亲写，给朋友写，给从未见面的死囚写。忽然响起了门铃声。玛丽耶特打开门，门外站着一个陌生的美丽女孩。

“我是阿黛尔。”女孩说。

玛丽耶特一把将阿黛尔抱在怀里。两个人都哭了起来，两个人一直抱着。

阿黛尔几个月大的时候，妈妈抱着她离开了巴黎。二十多年来，再也没有回来一次。妈妈跟她说起过玛丽耶特。“如果没有她，就不会有你。”阿黛尔无数次让妈妈讲玛丽耶特，就像听一个永远听不够的童话。可是妈妈讲着讲着就要哭起来。阿黛尔渐渐长大，不太敢让妈妈说玛丽耶特了。曾有几次问妈妈要玛丽耶特的地址，她想来看她。可是妈妈总说她忘记了。阿黛尔不相信，她知道妈妈是不肯告诉她。

阿黛尔考上了医学院。她知道玛丽耶特是一名医生，她也想当医生。她就要到巴黎来了。她认真地和妈妈谈了一次。妈妈叹了一口气，终于把玛丽耶特的地址给了她。

到达巴黎的第二天，阿黛尔就按响了玛丽耶特家的门铃。

阿黛尔在巴黎当了一名医生。玛丽耶特喊她“我的孩子”。她们经常见面。

巴黎封城了，医院里变得非常忙碌，阿黛尔每天要工作十五六个小时。和玛丽耶特见面当然是不可能了，甚至没有时间打电话。玛丽耶特知道她忙，封城之后就没有打扰过她。阿黛尔只在几天前发过一个信息，短短几个字：“我很好。”

法国公共卫生部门今天发布消息说：法国有六千零十九位医疗人员被感染，死亡十五人。玛丽耶特很为阿黛尔担心。电视上，巴黎红衣大主教正在“半废墟”的巴黎圣母院里为所有人祝福。他说，复活节象征着生命比死亡更有力。看着被大火烧得千疮百孔的巴黎圣母院，和没有信徒在场显得无比空旷的教堂大厅，玛丽耶特一阵揪心的痛。“圣母保佑。”她低声念叨着。

“阿黛尔的妈妈为什么不辞而别？”我曾经问过玛丽耶特。

“她痛恨巴黎。”

“她一直惦记着你，为什么又不让阿黛尔来找你呢？”

“阿黛尔其实是想找她的父亲。”玛丽耶特说，“她妈妈不想给她任何线索。我也不知道他是谁，我帮不了她。”

“阿黛尔还在找吗？”

“也许吧。”玛丽耶特说，“我们都想知道我们的去处，我们也都想知道自己的来处。”

2020.04.10

ET VOIS, TU ES SÉPARÉ DE TOI-MÊME

你看，你已经与自己分离

我是在里斯本的一家烤鱼店遇到伊莎贝拉的。一位老人弹着葡萄牙吉他在唱一首“法朵（Fado）”，听不懂歌词，却能听出浓浓的悲伤。伊莎贝拉的眼睛里噙着泪，她的男友轻轻递给她一张纸巾。

我们都住在隔壁一家简陋的酒店，连续几天晚上来这里吃饭。一番交谈，原来伊莎贝拉和男友也是从巴黎来的。她在巴黎一家书店工作，男友在读哲学博士。

伊莎贝拉是一位诗人。她的一本诗集获了俄罗斯一个诗歌比赛的一等奖。她刚刚从莫斯科领奖回来，立即兴奋地约了几个朋友到她家小聚。她也喊了我。

她做了意大利面、炒鱿鱼，烤了两张比萨。大家喝酒聊天。她家住在零楼，窗户外面是幽静的人行道。伊莎贝拉和男友是意大利人，另一个朋友是法国人，还有一位伊朗姑娘。照事先的要求，每个人都要用自己的语言，朗诵一首自己写的诗。他们家太小了，一室一厅，厅里坐不下这许多人。伊莎贝拉打开窗户，让大家都跳窗到外面去。她点上蜡烛，关了灯，从刚刚获奖的诗集里选了满意的一篇，用意大利语朗读着。我们站在深夜的小巷中，月光把每个人的影子拉得长长的。窗户里的伊莎贝拉像是坐在一个精致的戏剧舞台上。

伊莎贝拉朗诵完了，跨出窗户，换伊朗女诗人进去。她的男友递给她一支刚刚卷好的烟，俯身给她一个深情的吻，表示对她的倾慕与祝贺。他们的家乡是挨得很近的两个渔村，都在意大利地图的“鞋根”处，面朝亚得里亚海。

两人是在罗马上大学时认识的。伊莎贝拉学的是戏剧。因为男友要到巴黎来读哲学博士，伊莎贝拉陪他过来。伊莎贝拉一个人的工资不够两个人生活，男友在外面一所学校兼了一门意大利语课。他每次上课的前一天，都要备课到深夜。可是调皮的法国学生欺负他过于温和，上课总是吵吵闹闹。男友只能无可奈何地看看他们，微笑着自己讲下去。眼神一如无辜的羔羊。

去年圣诞节之前，我请他们来布达佩斯街吃中餐。这条街原本是红灯区，被一家一家中餐馆挤掉了。现在只剩下一两家灯光暧昧的情趣用品商店，大概不用多久，也会被华人改为饭馆。我早早到了，在饭馆外面等位置。一个阿拉伯小伙子从我面前走过，友善地跟我打招呼，我回应了他。他立即变得很欣喜，回过头跟我热情地握手，嘴里说着：“中国人，好。”又手舞足蹈地比画着，似乎是踢足球的动作，对我拉拉扯扯。我心里很不快：你是在嘲笑我们的足球吗？我一把把他推开。他退后几步，朝我一弯腰，行个礼，转身走了。

伊莎贝拉来了。她给了我一个热情的拥抱，行了贴面礼。她的男友也亲近地与我行贴面礼，胡子很扎人。坐定之后，我点好菜，然后聊天。我下意识地摸了摸口袋，发现里面一百多欧元没有了。我立即明白，是刚才那个小伙子偷走了。我们开始谈论巴黎小偷的猖狂，以及各自曾经的历险。伊莎贝拉的男友小心地跟她商量着什么，然后对我说，今天，我们请你吧。我赶忙说，没关系，我的卡还在。

吃饭对他们是一件重要的事。曾经有一次，几个朋友在一起喝咖啡，时间晚了，于是商量是不是在外面吃一顿。伊莎贝拉没说话，男友兴奋地说，好啊，好啊。伊莎贝拉严肃地提醒他说："亲爱的，这星期我们已经在外面吃过一顿了。"男友立即像个孩子一样，红着脸垂下眼睛。他们每一分钱都要算计着花。

伊莎贝拉书店的工作很忙，可还是抽出时间去参加戏剧表演。在巴黎有许多这样的机会，她觉得很好。男友原本打算博士一毕业，就回意大利去的。现在也改变了想法。伊莎贝拉在哪里，他就喜欢哪里。今年男友就能毕业了。伊莎贝拉打算等他一工作，就租一个大一点的房子。她希望有一间自己的书房，可以安静地写诗。"我有点烦他碍事。"伊莎贝拉笑着说。

新冠疫情突然在意大利爆发。到今天，死亡人数已经将近两万。我给同样被困在巴黎的伊莎贝拉打电话，询问她家人的情况。

"谢谢你，他们都很好。"伊莎贝拉说，"意大利的新闻和照片到处都在传。我们的痛苦中国刚刚经历过，你们更能体会我们现在的心情。意大利是昨天的中国。法国是昨天的意大利。人类从来没有遭遇过这样快速传递的痛苦，也从来没有像今天这样命运相连。”

“你男友的家人还好吗？”我问她。

“他妈妈病了。他回去照顾她了。”

“你没有和他一起回去？你们的家不是离得很近吗？”

“他怕我有危险，不让我回去。他让我在这里等他。”

放下电话，伊莎贝拉给我发了一个信息：“你看，你已经与自己分离。”这是法国大诗人伊夫·博纳富瓦的一句诗。伊莎贝拉说：“我已经不是诗人了，我一句也写不了。”

2020.04.11

HÉLAS, MON VOILIER EST AMARRÉ
帆船停泊在港口

药剂师莫里斯先生有一个助手，是一个十九岁的犹太女孩。一九四二年十一月，德军进入海滨小镇的当天，莫里斯把她藏在自家的阁楼上，一步不让她下来。

有一天，一个经常来药店买药的德军士兵悄悄告诉莫里斯："你们家可能会被搜查。"犹太女孩藏不住了，让她出去是死路一条。莫里斯思来想去，决定去找刚从巴黎来的一对老夫妇。他们的儿子去伦敦投奔了戴高乐将军，老人带着孙子躲到这里来避难。莫里斯知道他们是正直而有勇气的人。老先生当即答应收留这个危难中的犹太女孩。莫里斯把她装在汽车的后备厢，悄悄送到老先生家。

因为这层关系，两家经常走动。老人的孙子叫皮埃尔，莫里斯的女儿叫玛莉亚娜，两个五岁的孩子经常在一起玩。街道上不时响起德军巡逻的脚步声，偶尔还有刺耳的警报。时间过得很慢，空气几乎凝固着。所有人都胆战心惊，尽量在家中躲着。只有孩子们是快乐的，他们整天在一起嬉闹。

两年之后，德军仓皇撤离。犹太女孩安全了。老夫妇一家带着小皮埃尔回了巴黎。战后的生活忙碌而混乱，两家人在不经意中失去了联系。犹太女孩一个家人也找不到，他们都死在了集中营。这场战争中，死了太多的人。犹太女孩嫁给了一个生意人，随他去了南美洲，一去不返。

二十年过去。一天，一个高大的年轻人走进莫里斯的药店。

"先生，玛莉亚娜结婚了吗？"他问道。

"没有。"莫里斯诧异地看着他。

"我要娶她。"年轻人说，"我是皮埃尔。"

皮埃尔是一个工程师，玛莉亚娜是一个西班牙语教师。他们把家安在小镇靠港口的一幢房子里。房子很大，有个小花园。从窗口就能看到停在港口的一艘艘帆船。皮埃尔很快就迷上了帆船。他买了一艘，一有时间就在地中海上游荡。皮埃尔在家里什么事也不做，一切都靠玛莉亚娜。如果不上船，他就找人聊天，净说一些虚无缥缈、完全跟生活无关的话。郑鹿年说他能拎着自己的头发在天上飘。他不做家务，不管孩子。只要有客人来，就想方设法把人骗到他的帆船上。缆绳一解，风帆一挂，他立即就像一位战斗机飞行员，每一个动作都简洁有力，姿态优美。他渴望更大的风，更大的海浪，一直把船开往大海的深处。乘客的脸色越是惊惶，他就越发勇猛。郑鹿年和妻子、儿子，都被他惊吓过。皮埃尔娶了玛莉亚娜，却爱上了帆船。玛莉亚娜与他争吵了许多回，丝毫不能改变他。玛莉亚娜过得不高兴。

有一年夏天，地中海上的风特别好。皮埃尔和他的船友们，驾着一溜儿帆船一直行驶到希腊。许多天后，等他喜滋滋回到家时，玛莉亚娜让他一个人住到厨房隔壁的小房间里，不再理他。皮埃尔难过了一阵子，也就安心地玩他的帆船了。他像一个天真的孩子，一直到老。

皮埃尔的一个老伙伴，得知自己不久于人世，约了他们出海。风把帆吹得鼓鼓的，船行得如飞一般。船队里有一个小号手，一直吹着爵士乐。海面上颠簸的帆船，像一匹匹奔驰的骏马，在小号声里一直冲往大海的深处。老伙伴把自己痴爱了一生的船，凿沉在湛蓝的地中海中。船缓缓沉下去，风很快把波浪吹平。老伙伴乘着皮埃尔的船回到了港口。

从这一天起，皮埃尔把船停在港口，不再出航。他把帆卷回了家，放在自己床头的柜子上。他每天长时间地坐在港口，看他的那艘拴着的帆船。风把船吹得轻轻摇晃着，光秃秃的桅杆孤单地指着天空。偶尔有人经过，会停下脚和他攀谈一番。大多时间都是他一个人，静静地坐着。妻子玛莉亚娜退休之后开始学做陶器。现在每天乐在其中，一早就去工作坊，晚上才回来。两人没有太多的话。

二〇二〇年三月十七日，法国全境禁足。皮埃尔和玛莉亚娜被关在家中，什么也不能做，什么人也不能见。皮埃尔想找点事做。“你做饭吧。”玛莉亚娜说。皮埃尔开始做饭，妻子在旁边指导。一个月下来，皮埃尔迷上了做饭。他找来各种菜谱，每天细致地研究着。菜做好了，眼巴巴地等玛莉亚娜品尝。他的厨艺越来越好。玛莉亚娜笑着说：“你可以去米其林三星餐厅应聘了。”老皮埃尔变得激情四射。他整天在厨房里忙忙碌碌，操作锅铲的动作，一如操控漂行于大海上的帆船。

家里充满了烟火气的温暖，他们又开始了聊天与嬉闹，像是回到了五六岁时的童年。七十多年后，他们还住在这个滨海的小城，外面又笼罩着一种让人恐惧的气氛。全球已经有一百八十万人，染上了一种诡异的病毒。

2020.04.12

LE VIRUS EST UN MIROIR

病毒是一面镜子

法国总统马克龙的讲话，从晚上八点，改为八点二分。八点后的这两分钟，是人们每天向医护人员鼓掌致敬的时间。总统也不能占用。巴黎封城时间，将延长到五月十一日。这是预料中的。病毒在法国还没有到达高峰，所有人都必须等待。距离马克龙上次宣布封城，已经将近一个月。然后，人们还要在家待一个月。之所以有这个时间点，是为了给人们希望。至于未来如何，马克龙说："我真的很想回答大家所有的问题，但照目前的情况来看，很多问题都没有肯定的回答。"

一个月，每天几乎都是一样的。人们一样在太阳底下散步、遛狗、带娃、购物。每天晚上七点，一个又一个跑步健将准时跑上街头，每个人都穿着专业又好看的运动服。努力待在家中的人们，也敞开常年不开的窗户，跟对面的邻居热情地招呼。原本几乎是无人居住的安静小巷，忽然变得热闹起来。开着的窗户里传来电视机声、音乐声、喝酒聊天声、唱歌声、吵闹声，给人一种莫名的亲切感。依然很少有人戴口罩。不过马克龙刚刚在电视里承诺了，每个人都可以购买到口罩，时间在一个月之后。

这一个月，巴黎也发生了许多变化。大街上的确变得空空荡荡，所有的店都关着门。小兔子、野鸭子、野猪，甚至小鹿都跑上了街头。无家可归者也变少了，为数不多依然流浪的，也有“公民服务车”给他们送餐。超市门外排队的，自觉地相互隔开一米。营业员们也戴上了口罩。不过人们进入超市之后，仍然只能亲密接触，彼此都没有口罩。但是进门的时候，保安大叔会在每个人的手上喷一点消毒液。货架上的物品一样的丰富，只是价格悄悄有所上涨。

每个人离家只能一公里。其实以一公里为半径，可以去很多地方。几乎每隔几分钟都有救护车急驰而过，几辆警车在街头缓缓巡视。公交车上往往只有一个乘客，或者一个也没有。地铁口空空荡荡。小巷里穿梭着用围巾包着脸的快递员。附近小超市门口有一个环卫工人在懒洋洋地扫地。不知道他从哪里得到了一只口罩，只捂着嘴，鼻子露在外面。

有人在电视上哭诉已经没有钱买菜，有人在网上抱怨住在十几平方米的小屋里像绝望的野兽，有人在媒体上攻击躲到乡下大别墅里写封城日记的美女作家，有人被孩子闹得躲在卫生间久久不肯出来。有许多人在网上签名要起诉应对不力的菲利普总理，有更多的人呼吁“黄马甲”和“反改革者”联合起来，在封城结束的那个周末，发起最猛烈的游行示威。在野党派的领袖在责问总统，真相到底是什么？我们需要透明的信息。

在马克龙长长的讲话中，我听到最有意义的信息是：我们将检测所有有症状的人。这个承诺晚了一个月。可是毕竟他已经意识到政府的迟缓引起了怎样可怕的后果。可是检测了又能怎样？法国没有方舱医院，而医院里的病床已满。是不是依然在家中自我隔离，然后等待免疫力的爆发？人们想知道真相，马克龙坦诚地说，他没有肯定的回答。

今天下午阳光灿烂，门房的丈夫走到院子里，一边咳嗽一边点燃一支香烟。零楼的女邻居突然打开窗户向他大喊大叫，终于引发了这个沉默寡言的男人的怒火。剧烈的争吵引得四周的邻居纷纷打开窗户，围观这么多年来大楼里从未出现的景象。我原以为女邻居已经被撤侨回了美国，谁知道她还蜗居在这里。我曾专门在晚上看过几次她的窗户，她的窗户里从未亮起灯光。她一直一个人居住在黑暗当中。女邻居指责这个男人的烟会对她的肺有伤害，让她更加容易染上致命的新冠病毒。门房悄无声息地站到了丈夫旁边，冷冷地看着咆哮的女邻居。她抬眼看看趴在窗口看热闹的我和隔壁窗口的钢琴师，用手指指自己的脑袋。我和钢琴师相视一笑，很默契地悄悄关起窗户。

今天是周一，下午四点是钢琴师一家举办音乐沙龙的时间。他的夫人给读中学的儿子和女儿讲解音乐经典，他用钢琴进行现场演绎。他们都是高级工程师，曾经在沙特阿拉伯待过多年。我在他们家做客时，曾经被他们的经历惊得目瞪口呆。马克龙的讲话结束之后，钢琴师的夫人放了一瓶酒在我的门口。她说："这是我们封城前从'香槟'带回来的香槟。等到疫情结束的那一天，你就开它庆祝。"

此时已经是夜里十一点，楼上的邻居还在努力地健身，吱吱嘎嘎地踩踏着地板。虽然马克龙只说延长四周，谁也不知道巴黎封城还要多久。我打算从明天起练习“八段锦”，我觉得心里有些累。我打开窗户，长长吸了一口外面清凉的空气。对面那幢楼的男人也还没有睡，穿着巴尔扎克那样的睡袍，开着窗，对着夜空抽烟。他看到我站在窗口，立即向我挥手。自从巴黎封城之后，我们每天都在窗口相互挥手，像相交多年的老友。我们大概永远也不会相识。

夜里十二点，我给郑鹿年老师打电话，想问问他对法国总统讲话的看法。他说他在院子里看天上的星星。他说无形的病毒，像一面有形的镜子，照出了所有国家的软肋、愚蠢和隐秘。

2020.04.13

CE VAGABOND DEVANT CHEZ MANET

马奈窗前的流浪汉

从我的住处出门右转，走到巷口，有一座红砖的邮局。邮局对面一幢房子的二楼，是印象派大师马奈的工作室。大概是因为方便，马奈站在窗口画过好几幅这条街的街景。从画上看，没有这座邮局。这是马奈去世之后才盖的。

在邮局的屋檐下，住着一个流浪汉，很年轻，留着大胡子，走起路来精神抖擞。我到这里两年了，每天都能见到他。彼此偶尔会点头致意。他的铺盖总叠得整整齐齐，摆放在邮局外面的一个长台阶上。台阶上面有片玻璃的屋檐能挡风雨。他白天不在这里。我有一次在布达佩斯广场上遇到过他。每周一、三、五的晚上，布达佩斯广场上有义工分发免费的晚餐。整个广场上都是排队的无家可归者。队伍井井有条，寂静无声。

这位邻居每天生活怎样，对我是一个谜。只在一天的深夜里我们有过一次短暂的交道。我们站在欧洲广场的铁桥上看下面徐徐进站出站的火车。我递了一支烟给他。两人默默地在黑夜里抽完手中的烟，点点头就分手了。也就在这一天，我突然发现他收养了一条狗。一条很小的黄狗，乐颠颠地跟在他的脚后面。他很晚才睡，小黄狗趴在他的头旁边，一声不吭。等邮局上班了，他爬起身，叠好铺盖，带着小黄狗消失了。

一年前，邮局开始施工，进行大规模整修。他原先居住的台阶被围挡裹了起来，外面只剩下一点点，只够人直着身子坐着，再也不能躺了。我晚上散步从这里经过，看到他和小黄狗无声地坐在台阶上。铺盖卷没有打开，放在脚边。我原以为，流浪汉四处为家，既然这里的窝毁了，那就再换一个吧。可是，每天晚上他还是回到这里，默默地在他原来的地方坐着。

我心里有些难过。想到自己年轻的时候，也遇到过这样的境况。那是在无锡，打工的书店关闭了，突然没有了住的地方。可是我晚上也还是回到那里。毕竟这是偌大一个世界上最熟悉的地方。

有天黄昏，我从他面前经过。他仰着头，呆呆地望着路对面马奈工作室的窗户。窗户里亮着灯，看不到人。房间里很空旷，靠墙立着一排书柜。过去了一百多年，还是工作室的样子。不知道现在谁住在里面，灯光很暖。我回到家，热了两只包子出来找他。可是他又不在这里了，铺盖还在。过了半个多小时，他还是没回来，我只好怏怏地回家。之后好些天他都不在。我想，他大概找到新的住处了。毕竟巴黎这么大。

又是一天晚上，我从圣拉扎尔火车站出来，沿着罗马路往家走，突然有个很面熟的人迎面朝我走过来。等到擦肩而过，走过去好远了，我才反应过来。是他。他的头发虽然还是像爆炸后的蘑菇云，但显然洗过了。脸上干干净净。一身衣服也是新的。

脚上一双旅游鞋，白得晃人的眼。大胡子也修剪过了，显得相貌堂堂。

巴黎有这样的机构，专门收留无家可归者。也许是因为他失去了住处，被他们发现了，因祸得福，得了这样一身新装，有了可靠的生活。那只小黄狗没有跟着他。我听说在那个收留机构里，是不允许携带私人物品的，大概小黄狗被没收了。这也是换一种生活要付出的代价吧。

我一直没看到他，他的铺盖也不见了。我心里也就踏实下来，甚至有些为他欢喜。已经是冬天了，露天的生活越来越难。有时候一连三五天下雨，气温也越来越低。许多流浪汉已经在抢占街头地面上冒热气的散热口。市政厅也开始向流浪者开放，不过只收留女子。我希望我的大胡子邻居愿意留在收留处，好歹不会淋雨，有口热饭。

巴黎的夜已经很冷了，我还在坚持散步。有一天，经过欧洲广场的铁路桥，桥上靠栏杆睡着一个流浪汉。借着路灯的光，我认出了他。就是那个住在马奈窗前的我的邻居。他和以前一样，又是邋遢落魄。他就睡在这露天的夜里。眼睛闭着，睡得很熟。原先的那个屋檐，离他只有两百米，被围挡挡着。

他回不去，他也不肯离开。

这里人来人往，不可以长住，必须每天换地方。有时他躺在附近广场的长椅上，有时在列日街边的台阶上坐着，有时就睡在欧洲广场的地铁站口。他总是在几百米大的一个圈子里徘徊着，好像在等邮局的施工结束。邮局的工程拖得太久了，不过现在的确已经接近尾声。

巴黎三月封城后，我只有偶尔才出门。现在散步有限制，只能在晚上七点之后，不能离家一公里，不能超过一小时。一个多月了，我一次也没有遇见我的这个邻居。他不见了，不知道是住进了政府安排的宾馆呢，还是生病了被安置到了收留中心。

在离马奈工作室一百米的地方，有一块长着十多棵银杏树的小空地，叫都柏林广场。广场上有供旅人饮水的华莱士喷泉和两张长椅子。昨天晚上，我散步时又从这里经过，远远看到一个衣衫褴褛的人蜷缩在椅子上。我特意从他旁边走过，果然是我的流浪汉邻居。他没有看我。他靠在自己的铺盖上，定定地望着因为疫情已经停止施工的邮局。

即便是无家可归了，人的心里也还有一个家。

2020.04.18

BAUDELAIRE ET LE JEUNE FLEURISTE

波德莱尔与卖花青年

巴黎街道旁边经常有清亮的水在潺潺流淌，这是从塞纳河里抽送上来清扫街道或者浇灌花园的。今天新闻里说，在这种非饮用水里发现了新冠病毒。病毒在呼吸间、在空气中、在水里，在每一个可能碰触到的地方。我们应该往哪里躲藏呢？晚上七点之后，太阳还在天上。我必须到阳光底下去走一走。也许被阳光晒一晒，心情会好一些。左转右转，走到了阿姆斯特丹路上。我沿着这条突然变得荒凉的小街一直往前。

阿姆斯特丹路二十二号，是一家叫迪耶普的小旅馆。这是《恶之花》的作者波德莱尔暂住的地方。他没有家，总是搬来搬去。曾经在一个月里被迫换了六家旅馆。大概迪耶普旅馆的价格便宜，对他也宽容，他去世前的几年里，大部分时间就住在这里。他的《恶之花》印了一千三百册，出版才二十天就被检察官收缴了。这位检察官就是那个把《包法利夫人》判为禁书的人。他认为《恶之花》这样的书败坏道德，有伤风化，是可怕的病毒。这个荒唐的判决将近百年之后才被法院推翻。波德莱尔出版的最后一本书叫《残骸》，收了他二十三首诗，印了二百六十本。

此时的波德莱尔已经被另一种病毒折磨得不能说话，可是拿到诗集，他还是“显出了一种孩子般的快乐”。服用鸦片、洋地黄、颠茄、奎宁，以及采取正流行的水疗法，都不能减轻他的疼痛，也不能让他开口说话。在痛苦中挣扎了一年之后，四十六岁的波德莱尔去世了。他死了，可是许多人对他的诗仍然感到厌恶，甚至恐惧。半年多后，他的出版人又因为这本《残骸》被判了有期徒刑一年。

当新冠病毒盛行，人人心怀恐惧之时，从重病失语的波德莱尔门前走过，心里有着一种异样的悲凉。我们从来都不知道病毒是什么。我继续往前走着。

从小旅馆往前一百米，就到了与圣拉扎尔路交界的路口。这里有一块几十平方米的空地，原本是一个喧闹嘈杂、熙熙攘攘的地方，现在一点声音都没有。靠边摆着一只投放旧衣服的大桶，影子被夕阳拉得长长的，显得孤独又凄凉。病毒把所有人都赶走了。

我把这里叫卖花地。原本空地上总是摆着一排桌子，上面放着一箱一箱的鲜花。卖花的是一群阿拉伯年轻人，人人手上捧一大捧花，几乎要塞到每个行人的手中。价格都很便宜。我每次只是看看，礼貌地朝他们摇摇头。有人笑着用中文朝我喊一句：“你好吗？”然后又激动地去寻找下一个目标。我不买的原因是他们卖的花我不太喜欢。他们卖的大都是郁金香、玫瑰、百合等，太堂皇正式了。七八个人，卖的品种都差不多，大概是从一个地方批发过来的。

有一次，一个小伙子面前放了一箱雏菊，我朝他走过去。他立即把手上的一捧朝我递过来，嘴里说："四欧，只要四欧。"我点点头，把钱递给他。他从那捧花里抽出一束给我。我笑起来。本来也是，怎么可能四欧元能买这么一大捧呢。不过经过这一次，我看到了他们的底牌，也就不再担心跟他们打交道。即便是这一束，在花店里也要卖两倍以上的价格。

有时候，我会特意绕道经过这里，只为看一看有没有我喜欢的花。果真有一次，我买到了丁香花。心里很高兴，就跟他们搭讪了几句。

"你们不能分散开来卖吗？为什么要挤在一起？"他们这七八个人，会争抢生意。其实价格与花都是一样的，各人只能展现出更大的热情和更夸张的表情。

卖花的年轻人摇摇头："其他地方不让卖。"

我注意观察了一下。其实这里也不让卖。有一次，远远有警察朝他们走过来，他们立即搬起装花的箱子，一溜烟跑没了。桌子扔在路边上。警察经过这里，也就看了一眼，脚步没有停，一直朝阿姆斯特丹路的深处走过去。他们根本没管。等警察没影了，卖花的青年们又冒了出来。也许，警察与他们已经达成了某种默契，可以在这里摆摊，但是不合法。在巴黎，有许多这样的灰色地带。我觉得这是好的。他们干得是多欢乐啊。他们大声叫卖着，用一种既谦卑又得体的动作向每一个行人兜售。他们的笑容真诚而豪放。他们是在进行一种美好的劳动，没有焦躁、愤怒与仇恨。他们不是病毒。

“你们每天都在这里吗？”又一次买花的时候，我问一个瘦瘦的青年。

“不，星期天我们是要休息的。”他笑着说，“劳动不是为了享受生活吗？”

他们的热情有时候是好笑的。我刚从一个人那里买了一束，花还抱在手上，经过另一个摊位时，又会被拦住，更热情地向我推销。我举举手里的花：“我已经买了。”他就夸张地把花放在自己鼻子上深深地吸一下，然后一脸陶醉地跟我说：“你可以再买一束，多香啊。花就像幸福一样，是不会嫌多的。”

巴黎封城后，卖花的青年们不见了。这个路口显出一种让人心慌的干净与寂静。一路上经过的几家花店也关门了。我家里养的两盆花早已凋谢。有一个土豆发芽了，我放在花盆里。过了一个月，现在已经长出了茂密的枝叶。几天前，我在购物车里发现了两颗被忘记了的洋葱，躲在阴暗处，竟然也长出苗来。我也放到了无花的花盆里，现在也是长势喜人。可是，它们毕竟不是我爱的雏菊和丁香。

我在这个路口站了一会儿，不能再往前走了，往前就会超过散步允许的距离。我转身回家。在这个空地的西北角，是圣拉扎尔火车站的广场。广场上立着一个用许多时钟堆成的塑像。在塑像的底下站着三个年轻人。他们没有口罩，相互靠得也很近，在谈论着什么。正是卖花青年中的几个。不能卖花了，生活还要继续，怎么继续呢？

在他们的头顶上，几十座时钟叠罗汉一样垒在一起，每一座都有时针和分针，可是全都一动不动。因为病毒，时间凝固了，只有死亡还在向前。今天一天，法国又死了三百九十五人。

2020.04.19

LE 『BEL AMI』 QUI LIT DANS LA RUE

街头读书的『漂亮朋友』

从我的小巷出来，往左走到尽头，是一个三角空地，上面长了两棵梨树。一棵花开满枝的时候，另一棵依然光秃秃的毫无生命迹象。每次我都疑心它是不是死了。可是当前面一树的梨花渐渐凋落，变成一树嫩叶时，这一棵忽然就开出了美得让人心慌的碎白的花。在封城的这段日子里，我只要出门，就到这里来看一看。今天再去时，所有的花都谢了，两棵树上满满都是绿叶。春天已经来过了，春天就要过去了。

梨树底下，有两张长椅，长年住着两个流浪汉。一个喜欢喝酒，旁边总摆着一两只空的啤酒瓶。另一个喜欢看书，几乎总是捧着一本在看。两张椅子遥遥相望。他们相识多年，偶尔会说说笑笑，不过大部分时候各忙各的。

秋天的时候，梨树结出了果实，很小。地上已经落了许多，没有人捡，不知道甜不甜。他们仍然安静地住在这里。白天把铺盖卷起来，随意地扔在椅子上。读书的流浪汉基本不离开，总是坐在这里。另一位却是经常外出闲逛。我在好几个不同的地方遇见过他，不过晚上他一定会回来。

然后，就开始下雪了。

有一天早上出门，远远看到消防车、救护车停在路口。到近处一看，那位平时爱喝酒的流浪汉躺在地上，两个医护人员正在进行抢救。只抢救了一会儿就放弃了。他已经死了。夜里冻死的。另一个流浪汉坐在一旁的椅子上，默默地看着。

消防车把去世了的流浪汉带走了。读书的流浪汉也离开了另一把椅子。

几天之后，梨树上贴了一张纸，上面写着："不久前一位先生在此去世。他五十多岁。我们无法联系到他的家人。如有知情者，请予以转告。对他的去世，我们表示哀悼。"这张白纸的旁边，扎着一束开得正艳的红玫瑰。

两把椅子后来就一直空着。

封城之前，我每天散步都要从梨树下走过，飞快地穿过罗马地铁站，走进布尔索街。这条小街的两旁长着樱花树，美丽又安静，我很喜欢。兜一大圈之后，我再从巴蒂尼奥勒路回家。我不喜欢走回头路。虽然这条路过于吵闹，但是路上有一家土耳其烤肉店，号称"巴黎第一"，相当诱人。几乎每时每刻都有人在门外排队。我买过两次，味道很不错，肉脆而香，饼绵软又有咬劲。

忽然有一天，我看到原先住在梨树下的那个流浪汉，搬到了烤肉店的门口。他盘腿坐在地上，手里捧着一本书在读，旁边还放着一摞书。像以前一样，他面前没有乞讨的罐子。他不是乞丐，他只是一个无家可归者。

他手里的书很厚，从封面上的标题看，应该是一本历史小说。我笑着朝他点点头，是真正的高兴。我以为再也见不到他了。他善意地对我笑笑。不过他已经完全忘了我，那个另一条街上每天和他打招呼的中国邻居。

我几乎每天都从他面前经过。他总是在看书，他旁边的书也堆得越来越多。大概不断有人把不要的书送给他。我停下来看过几次，发现里面什么书都有，很杂。他看书不挑，拿到哪本就是哪本，看得都很认真。有一天，我看到他在看莫泊桑的《漂亮朋友》。我一怔，忽然想到，这本书里的主人公乔治·杜洛瓦就住在隔壁那条开着樱花的布尔索街上。离这里只有几百米。

莫泊桑、巴尔扎克，还有书里的这位“漂亮朋友”，都是从外地过来，想到巴黎搏一搏。这位流浪汉又是为什么来这里呢？我仔细地端详着他，发现他竟然和莫泊桑笔下的“漂亮朋友”很像。他留着两撇胡髭，相貌英俊，腰挺得直直的，有一种军人气概。因为他总是坐着，看不出身材是不是如小说中描述的那般高大。我猛然一惊，三年多来，我从来就没有看他站起身，他要么盘腿坐着，要么躺着。我愣愣地看着他。一位年轻女士弯腰递给他一份面饼裹着的土耳其烤肉。他接过去，微微一笑，朝她点点头，把热气腾腾的食物放在旁边，继续沉静地翻他手中的书。他一定是看到了一个紧要处。

巴黎封城之后，我每周都要从这里走一趟，路边所有的店都关着，再也没有烤肉的香味。我一次也没有看到他。也许，只有那个冻死在雪夜里的流浪汉，会知道一点他的秘密。等封城结束，不知道“漂亮朋友”还会不会回来。不过，即便回来了，他也还是不跟任何人说一句话。

我继续往前，朝形如希腊神庙的圣玛丽教堂走过去，原本准点敲响的钟一直没有动静。教堂前面满园的郁金香也已经完全枯萎。法国新冠患者的死亡人数今天已经超过了两万人。巴黎依然沉寂着。

2020.04.20

LE GRAND PAN EST MORT 牧神之死

为了看天琴座的流星雨，今天我出门很晚。因为封城的缘故，巴黎的污染减少了百分之五十，在城里就能看到星星。许多人走到了大街上，大概都是想在流星飞过之时，许一个愿。

在我住处的附近，罗马路是最开阔的，因为它的旁边临着一条宽阔的“大河”。这条河是一个巨大的干涸的深渊，河底铺着许多条铁轨。平常每时每刻都能看到火车来来往往。现在因为疫情，火车几乎都停开了，大河变得寂静而荒凉。

我站在罗马路八十九号的路边上。每次走到这里时，我都要发半天呆。一是因为这里是象征派大诗人马拉美的家，另一个是想看对岸河床底下那个扳道工的小屋。扳道工早就不在了。小屋一直荒废在这里。看不到门，只看到两扇紧闭的窗户。墙上被人画着巨大字母的涂鸦。这个孤独的被遗弃了的小屋前面，不知道为什么还亮着灯，暖暖地照着四周一大块青绿的草地。

每次走到这里，我都会想，曾经有谁住在这个深渊之中？这里简直就是一个无路可逃的囚房。他怎么生活？他有没有朋友？他除了摆弄铁轨，大段的空白时光会做什么？他是一个自由人，可是过的日子，比此刻封在城里的我们还要更难。好在他早就走了。然后，我又想这个小屋里有什么。床、椅子、锅灶、咖啡壶，也许还有一张桌子。如果实在无处安身，这里也是一个很好的地方。走在这个陌生的城市里，我总忍不住四处打量，像是在担心终有一天会有灾难来临。我不自觉地想预先找寻一个可靠的住处，可以躲一躲。我相中了这里，所以经常会过来看一看。现在，对这里我已经很亲切了，就像是我的小屋。

小屋门前是一片窄长的草地，青草一直往河床上延伸。因为河坡太陡，没有办法清除上面的杂草，有人放了两只黑色的山羊在这里，一大一小。黑羊白天在河坡上啃食和漫步，晚上会回到这个小屋旁边歇息。它们也看中了这里。黑羊把这一片草地打理得很好。经常有人站在河对岸看它们，甚至有记者把它们登上了报纸。巴黎不允许使用除草剂，人们把更多的羊赶到城中的草地上。人们已经知道，化肥、农药，特别是除草剂的滥用，导致了可怕的生态灾难。人类对大地的虐待，已经到了无以复加的程度。美国作家蕾切尔·卡逊，因为除草剂的可怕危害曾写了一本书，叫《寂静的春天》。谁会想到，二〇二〇年的春天，会寂静到如此地步呢？

就在我旁边的马拉美的楼下，竖着一个青铜的铭牌，上面有一句诗人的自言自语："我的灵魂需要寂静的孤独。"显然，二〇二〇年的寂静，不会是温和敏感的他喜欢的样子。今天是星期二，正是诗人每周举办沙龙的日子。马奈、雨果、魏尔伦、兰波、德彪西、纪德、罗丹，好朋友们济济一堂，他们最喜欢朗诵的是他的《牧神的午后》。马奈画出了牧神的丑陋与悲伤，德彪西弹奏出了牧神的虚幻与神秘。诗歌、绘画和音乐，都成了经典，可是牧神早就死了。

这是历史学家普鲁塔克的记载。公元元年之后不久，一艘帆船正从伯罗奔尼撒半岛驶向罗马帝国的首都，大海的上空突然有人在呼喊：“潘神死了。”“潘”是这个长着山羊模样的牧神的名字。自然之神“潘”的死亡，同时宣告了希腊神话时代的结束，基督时代的开始。

巴黎封城后，我多次来罗马路上徘徊眺望，扳道工小屋旁边的两只黑羊不见了。我不知道，当封城结束，会结束什么，又会开始什么。

2020.04.21

DERRIÈRE ZOLA, 左拉的撕裂 UNE SOCIÉTÉ DÉCHIRÉE

朋友圈在撕裂，亲友群在撕裂，家人之间在撕裂，然后，是国家与国家之间的撕裂。随着新冠病毒的蔓延，裂痕像蛛网一样伸向了整个世界。关在巴黎的家中，我每天都能感受到这种撕裂的疼痛。人在病毒的袭击之下，变得脆弱、易怒、盲目甚至仇恨。

暮色四合，路灯还没有亮起，巴黎的街巷突然变得昏暗不明。只有极少的几个行人匆匆而过，大多数人都戴着口罩。百分之七十的法国人已经考虑在解封之后出行时要佩戴口罩。而口罩，曾经就是一个撕裂的缘由。现在不是了，至少在法国。

我一直往克利希广场走过去。这里有我常去的超市、理发店、意大利餐馆和药房。围着这个广场有七条街，我都熟悉。每条街都仿佛伸向一个迥然不同的世界，使得这个广场仿佛像一个随时会转动的魔方。从广场拐进克利希街不多远，就是我今天要去的布鲁塞尔街。在这条街的 21A 号，是左拉的寓所，也是他去世的地方。巴黎封城之后，我一直想来看看左拉。我想看看，到底是怎样一个男人，造成了法兰西历史上最大的一次撕裂。

事情的起因是一位犹太人，叫德雷福斯。一八九四年十月，在法国总参谋部工作的德雷福斯被军方逮捕。军事法庭指控他向德国出卖法国陆军情报，判处他终身流放。事实上，所有关于他犯罪的材料都是伪造的。甚至在发现了真正的叛徒之后，法国政府仍然不肯为他改判。看到正义受到如此公然的践踏，愤怒的左拉在《极光》报上发表了写给法国总统的信:《我控诉！》。他说:“只是在今天，双方的阵势才清楚了。一方面，罪犯们想遮住真理的光辉。另一方面，伸张正义的人们准备献出他们的生命，让真理放出光芒。我控诉……”

法国军方迅速以“诽谤罪”为名对左拉提出公诉。并且下令，不许答辩的左拉提任何问题。左拉从法庭出来，巴黎市民们对这位文学大师发出嘘声，朝他的脸上吐唾沫，狂乱地撕去他身上佩戴的荣誉勋章。

左拉被判有期徒刑一年，罚款三千法郎。左拉拒绝入狱，改名为巴斯卡尔，仓皇逃往英国伦敦。出逃时，他的身上只有一柄牙刷、一个钱包、一只墨水瓶。

法国被撕裂成两半。要么支持德雷福斯，要么反对德雷福斯。政府、军队、教会、报界、政党、团体、家庭全都卷入其中。朋友为此反目，夫妻为此离婚，团聚的亲友，也会因此而大打出手，乡下甚至发生了火拼。整个法国陷入一场严重的社会危机。

“德雷福斯是无辜的，我用我的生命，用我的荣誉，用我四十年的写作生涯起誓。如果他不是无辜的，就把我所有的作品统统烧掉。”左拉嘶哑着嗓子喊道。

“那个老东西，那个下流坯子左拉，完全叫人唾弃了。”反对他的市民开心地笑着。

一八九九年，德雷福斯案件被重审。法庭依然判他有罪，然后由总统对他特赦。左拉终于回到了法国。这个折衷方案根本无法愈合法国社会的伤口。然而在这个巨大的疼痛之下，法国又同时诞生了两件影响后世的大事。一个反对德雷福斯的人为了宣传他的观点创办了“环法自行车赛”。而另外支持德雷福斯的一批人在报纸上发起了一场公开签名，他们有左拉、法朗士、普鲁斯特、莫奈、杜尔凯姆等。这个签名，意味着知识分子的诞生。法国历史学家格朗荣说：“左拉的《我控诉！》之后，知识分子成了法兰西共和国精神的使者。”

一九〇二年九月二十九日，左拉死了。因为壁炉堵塞，煤气中毒而死。有人说掏烟囱的工人是反德雷福斯人士，是他故意堵住壁炉通道害死了左拉。而痛恨左拉的人在报纸上说，他是因为发现德雷福斯有罪而自杀。

左拉死了四年之后，德雷福斯才被彻底平反。一九〇八年，左拉的骨灰被移葬到先贤祠，德雷福斯哀伤地护送着他的灵柩。人群中突然有人朝他开了一枪，德雷福斯被打中，幸好只是受伤，没被打死。

偏见与仇恨有时候比病毒更为可怕。可是这个世界上，在此刻，病毒在催生着偏见，偏见又在催生仇恨。而仇恨的触角正在撕裂着整个世界。病毒终将能医治，裂痕又如何弥补？

2020.04.22

UN HABITANT DE PASSAGE DU BOULEVARD HAUSSMANN

奥斯曼大街的寄居者

半个月后巴黎必定会解封，法国人的忍耐已经到了极限。政府也在制订解封的相关细则。所有人都在想象解封后的新生活，我却感到一种更深的孤独，或者说是一种无边无际的孤立感。世界正在变成另外一个样子。

每次走到奥斯曼大街，我都会在一〇二号门口的长椅上坐一坐。这里是普鲁斯特的寓所。他几乎足不出户，他与世隔绝，他只想活在自己的时光中。

巴黎的气氛越来越压抑。几乎所有人都闻到了一股硝烟的味道。普鲁斯特把房间的墙壁用软木包裹了起来，他希望把所有的杂音都隔绝在外。他的窗户也总是关着，他不想闻到窗外的味道。在人们忙忙碌碌的白天，他睡觉。夜深人静时，他再起床工作。他觉得只有这个时候，才是他自己的时间，世界才属于他。他在十一岁时得了哮喘病，现在更严重了。他喜欢春天，可是却看不到春天的景色。关在家里的时间太长了，有些花的样子已经记不清。他想念它们的时候，就请人出门帮他看一眼，回来讲给他听。他很孤独，他打算写一部关于永恒的书。这本书一直到他去世前，他还在写，还在改，还在润色。这是一本对世界充满着温情与爱恋的书，然而写它的人，却生活在无望的孤独当中。世界抛弃了他，把他扔在这个仿佛无人居住的房间里。

巴黎封城之后，世界与病毒进行着生死之战，同时一种疏离的氛围悄悄地弥漫着。世界陷入了一种诡异的猜疑与厌恶，人们在相互埋怨、指责和攻击。作为渺小的个人，就像被关在房间里的普鲁斯特一样，心里祈祷着平静与安宁，而世界却日渐变得动荡不安。

一九一四年，第一次世界大战爆发。法国政府开始不分年龄界限地征召成年男子。四十三岁卧病在床的普鲁斯特也收到了征兵通知书。要求他在早晨三点钟，到巴黎荣军院接受体检。

此时普鲁斯特的《追忆似水年华》刚刚出版了第一卷。他找了四家出版社，包括纪德负责的《新法兰西杂志》，都被无情地拒绝。普鲁斯特只好自费出版。几乎没有媒体和评论家对此关注，巴黎只有沉默和寂静。因为某种关系与普鲁斯特相熟的大文豪法朗士翻了翻，笑着说："生命太短，普鲁斯特太长。"

然而作品是必须出版的。就在普鲁斯特准备出版这部书的第二卷时，战争打响了。普鲁斯特拖着病躯来到荣军院。荣军院黑灯瞎火，大门紧闭，一个人也没有。原来征兵通知书上面的时间印得不清晰，把 8:00 印成了 3:00。当然，任何一名军医都能看出，这个瘦弱不堪的中年人，根本不可能走上战场。

战争打了五年。国家动员了一切的人，还有一切的精神力量。五年中，只能出版与战争有关的书，其他书籍一律停止。所有的思想都要保持缄默。

普鲁斯特把自己关在小房间里，却总是听到牺牲的年轻人身体撞击土地的声音。他什么也做不了。他的心在战场上，在那些死者、伤者的身上。在巴黎，当他听到有人遇难的噩耗之后，虽然有些人家他并不熟悉，他会立即起床，忍着身体的疼痛，赶过去表示他的哀悼。他知道，孤独会增加痛苦。他心里的伤痛与失去亲人的家庭一样，他希望自己能给他们带来哪怕一丝一毫的慰藉。

一九一八年，第一次世界大战结束。全世界因此死了一千六百多万人。仅仅法国就有一百二十四万人丧生。我去过法国许多乡村，哪怕在最偏僻的地方，也能在村中心看到一个刻着一串名字的石碑。他们都是这场战争的受害者，他们遍及法国的每一个角落。

就在战争结束的这一年，普鲁斯特《追忆似水年华》的第二卷出版。第二年，普鲁斯特获得了龚古尔文学奖。这个消息震惊了巴黎。报纸上几乎没有赞扬，只有愤怒、讥笑、嘲骂和嫉妒。一家报纸这样写道："这次，龚古尔奖委员会把大奖颁给了一个地地道道的无名作家。他已不年轻，但却默默无闻。他现在如此，以后仍将如此。"另外更有人指责他，说他从来没有上过前线，却从战士的手中窃取了荣誉。他们认为只有战士或者战争作品才有资格获奖。

普鲁斯特的确没有名气，许多知道他的人也说他只不过是一个业余作家。而他也的确不年轻了，他已经四十八岁。而此时，离普鲁斯特去世只有三年。

迟到的荣誉仍然激起普鲁斯特抑制不住的喜悦。他用奖金在他最爱的里兹大酒店摆开酒宴，希望好好庆祝一番。他预订了十五个人的位置。当天晚上，他只等到了两位客人。这并没有影响他的情绪。他就像一个天真的孩子。他的妈妈说他永远只有四岁。他给侍者们足够多的小费，他总是这样。即便是角落里一个从来没有到他桌前的侍者，他也塞一把钱在他的手里。“他看到我把钱给其他人的时候，那目光是多么悲哀啊。”他向朋友们解释说。他把自己的财产全部花在了别人身上。而他对自己呢？几乎毫无花费。他的一件外套穿了三年。他的睡衣，只有一件。

就在普鲁斯特获龚古尔奖的这一年，他被房东赶出了奥斯曼大街上他寄居了十多年的寓所。他仓皇而凄凉地搬到了一个寒碜的小屋。他没打算在那里久住，可是也不知道能住到哪里。他把母亲留给他的物品和自己最心爱的图书，存放在家具保管处。他本想等有了合适的住处再拿回来的，他再也没能拿回来。三年之后的一九二二年，他去世了。因为免疫力下降，他染上了肺炎。

我在普鲁斯特曾经寄住的寓所外面坐了很久，路灯慢慢亮起来，宽阔的奥斯曼大街上空无一人。巴黎从未如此荒凉，世界从未如此荒凉。在这个荒凉的世界上，谁不是一个随时会被驱逐的寄居者呢？

2020.04.27

交叉路口的流亡者

UN EXILÉ À LA CROISÉE DU CHEMIN

在雅典路和克利希路的交叉路口，有一个剧院，叫巴黎赌场。这里离我很近，走路十分钟就到。散步时我经常从这里经过，偶尔会遇到看戏的人在门外排着长长的队。这时候，旁边总有一个卖糖炒栗子的中年人。炉子里烧着木炭，平底铁锅里的栗子饱满肥美，散发着一种醉人的甜味。中年人微笑着翻炒着他的栗子，一言不发。香甜的味道弥漫着整个街道，一直朝楼顶的窗户飘过去。

雨果就住在剧院对面那幢楼的四楼。

雨果反对拿破仑三世政变称帝，他迎着枪林弹雨，与市民们一起在巴黎筑起街垒英勇战斗。反抗失败了，一千多人倒在血泊中。雨果被迫流亡海外。

雨果流亡了十九年之后，普法战争爆发。听到祖国危急的消息，年过七旬的雨果，宣布立即回国加入国民自卫军。“我准备出发，去拯救法兰西。当然，我将为此献身。与巴黎同死，将是我的荣幸。”还没等雨果回到法国，毫无军事才能的拿破仑三世已经在色当被俘，法兰西第二帝国倒台了。雨果回到巴黎，成千上万的法国人在火车站迎接这位爱国者和皇帝的反对者。雨果热泪长流。

拿破仑三世耻辱的投降，并没有解除法国人的灾难。德军铁血围城，巴黎公社的血战，让巴黎变得千疮百孔。局势终于平静下来，雨果租下了交叉路口这幢房屋的四楼和五楼。在他流亡之后，他的两个儿子都被捕入狱。在流亡中，他的妻子死在他的怀里。在他流亡归来不久，两个儿子又相继死去。现在，他和他的儿媳、孙女、孙子住在一起。他把他全部的爱给了这两个年幼的孩子。他记下他们的童言趣语，收藏他们的小鞋子，给他们写了满满一本深情动人的诗，书名就叫《做祖父的艺术》。

七十多岁的雨果依然每天写作。天刚亮他就起床，穿着红色的短上衣，灰色的宽袖长外套，站在书桌前。他喜欢站着书写，这使他感到更有力量。也许是流亡得太久了，他感到孤独。大仲马死了，拉马丁死了，许多老朋友都不在了。他渴望和更多的人在一起。每天晚上他都邀请十二或者十四位客人来家里吃饭。他不喜欢十三这个数字。每天的菜都一样：奶油酱汁大菱鲆、螯虾、烤羊肉、肥鹅肝酱、肉冻。福楼拜来了，龚古尔来了，马拉美来了，小仲马来了，克莱蒙梭来了，甘必大来了……晚餐之后，是雨果的朗诵时间。他站在壁炉前面，手里拿着一张抄着他新写的诗歌的纸。壁炉上点着十四支蜡烛，烛光映在镜子里，在他的身后闪烁着迷人的光芒。雨果从容不迫地戴上眼镜，用手帕擦了擦额头："女士们、先生们，我已经七十四岁，现在开始朗诵。"

十九年的流亡，巨大地改变了雨果。他在《悲惨世界》这部流亡时创作的小说中写道："在我们今天所处的这个黑暗时代，在这个充满了以享乐为荣，以追求短暂无聊的物质享用为急务的行尸走肉的环境当中，凡是流亡的人总是可敬佩的。"

在这个交叉路口的房屋中居住了数年之后，雨果开始想念那个他流亡中寄居的盖纳西岛。他又去了那里。从那个大西洋上的小岛兜了一圈回到巴黎之后，他离开这里，住到了另一条街上。这位伟大的流亡者一去不返。

而现在，那个在剧场外面卖糖炒栗子的中年人也不见了。他是叙利亚人。他说："只要战争一结束，我就立即回家。"在叙利亚的家乡，他是一所中学里的法语教师。因为战火，他流亡在这里。他每天都在想家。他和我说这些话的时候，脸上一直带着微笑，他的笑容里饱含着热情，又满怀着希望。

我散步从这里经过的时候，天刚刚黑下来。剧院的大门紧闭着，大街上没有行人，没有车辆，也没有糖炒栗子的香味。什么声音也没有。

因为新冠病毒，许多地方停止了战争。因为恐惧，人类短暂地屏住了呼吸。然而当病毒过去，新的战争又会开始。为什么人们不像憎恨病毒一样憎恨战争呢？

我站在这个交叉路口，四面张望着。雨果曾经居住的房间里亮着灯光，不知道谁是现在的住客。街道两旁的房屋中，许多家都打开了窗户。刚刚下过一场雨，晚风清冽而凉爽。一扇窗户里传来大提琴的声音，是《今夜无人入睡》。

克罗地亚的大提琴演奏家斯蒂潘·豪瑟，坐在古远苍凉、空无一人的普拉竞技场中央，孤独地拉着大提琴。他正把他的琴声，献给所有与病毒抗战的人。他的琴声此刻已经传遍整个世界。在这大提琴声中，我听到了雨果的朗诵，闻到了糖炒栗子的香甜。总有一些人，在努力给这人世间一点善意、一份鼓励、一些希望。总有人在想着，让这个世界变得更好。

2020.04.29

LES VIOLETTES SUR LE TAMBOURIN

铃鼓上的紫罗兰

晚上七点一过，我立即下楼。刚刚下过小雨，空气清新而凉爽。蜷缩了两天的身体，每一个细胞都慢慢苏醒过来。夕阳钻出云层，照在大街两旁的奥斯曼建筑上，巴黎显得忧郁又寂寞。今天是五月一日，每年的这一天，巴黎的大街小巷都充满着挎篮叫卖铃兰花的小贩，然而今天一个也没有。铃兰是每户法国人今天都要买的幸运花。而在人们最需要它的时候，它却失去了踪影。巴黎还在封城中，所有商贩都不许出门。花店关着，有花的超市也关着。巴黎从来没有像今天这样失去她的美丽。

再也不能飞翔的雅克从家附近的山坡上采了一束铃兰花，他打算开着他的残疾人车去养老院看望妈妈。他们已经两个月没见了，彼此都很想念。不过养老院估计不会让他进去，养老院的老人因为新冠病毒，已经有九千多人去世，现在是最脆弱的地方。雅克说，只要能把花放在母亲的门口就好。一串铃兰，能保佑妈妈的平安。

雅克去看望他的母亲的时候，我去看望瘦哥哥梵高。我知道他会在克利希林荫大道的铃鼓咖啡馆。他正给他爱着的人送一束花，他画在画布上的花。

梵高爱上的这位女子叫塞加托丽，她是铃鼓咖啡馆的女主人。她把许多家具都做成铃鼓的形状，使得咖啡馆充满着异域风情。塞加托丽四十六岁了，依然感性而热情，就像我们想象中的意大利那不勒斯女人那样。梵高爱得很疯狂，不断地给她送花，他把最热烈的色彩，泼洒在画布上。每束花都像是在燃烧的火焰。

塞加托丽怜悯这个潦倒而疯狂的荷兰人。她让他把画挂在咖啡馆的墙壁上，希望能帮他卖掉一两幅。可是所有高谈阔论的来客们，没有人看一眼。能打动他们的，只有正流行的印象派——亮丽的色彩，柔和的光线，带着些许伤感的美好。可是梵高的鲜花，每一朵都开得那样猛烈，每一束都像色彩的大爆炸，每一幅都是他怦然跳动的心。他太热烈了，没有人爱他。

关于塞加托丽的一个谣言越传越甚。这位年轻时做过马奈、热罗姆、柯罗模特的意大利女人，据说有一个可怕的情人。他是铃鼓咖啡馆的常客，同时还是一个杀人犯。客人们都被这个谣言吓跑了。只有梵高毫不在乎，他满怀深情地给塞加托丽画了一张肖像。塞加托丽身着盛装，戴着一顶奇怪的高帽子，双臂环抱，手指上夹着一支香烟，神情严肃地端坐在铃鼓形状的咖啡桌前。可是从她的眼神里，看不到爱，只有绝望的悲伤。梵高决定向陷入绝境的塞加托丽求爱。

梵高求爱的礼物是一束鲜花。在铃鼓形状的咖啡桌上，放着一篮子的紫罗兰。每一朵花都在怒放，每一朵花都有着不同的色彩。梵高似乎把他颜料盒里所有的颜色都用上了。“我爱你”这三个字，他不是呢喃耳语，而是在对着整个世界呼喊。

对于梵高郑重其事的求爱，塞加托丽只说了一个字："滚。"此时塞加托丽的确有一个情人，正在她的旁边，他是铃鼓咖啡馆的经理。年轻的经理咒骂着梵高，往外驱赶他。梵高望着塞加托丽，怎么也不肯离去。他认为她是爱他的。她只是担心他会受到恶人的伤害，才不理他。经理操起一只啤酒瓶，狠狠地砸在梵高的头上，鲜血顺着梵高的脸往下流。伙计们在经理的招呼下，把梵高扔到了门外。经理先生把梵高的那幅画，当成丑陋的破烂，狠狠地摔在他的身上。塞加托丽一直冷眼看着，一动不动。

梵高羞愤痛苦地回到蒙马特高地上的住处。他伤心地清洗着脸上的伤口，心中满是绝望。

"她很痛苦，她心情不好，我依然爱着她。"他嗫嚅着对弟弟提奥说，"我希望她也还有些爱着我。"

梵高其实知道，塞加托丽不爱他。他只是不想怨恨她。对于这个冰冷的世界，他已经习惯了。他再也没有去过铃鼓咖啡馆。时隔不久，铃鼓咖啡馆就倒闭了。债主们把里面所有的东西都拿去拍卖，包括梵高留在那里的许多幅画。

拍卖会上，没有人愿意为梵高的画出一个子儿，他的画都流标了。所有的画都被当成垃圾，可笑地堆在一起。有认识梵高的人嘲笑他说，这是文森特·梵高先生的第一次画展。

事实上，梵高后来在巴黎的确办过一次展览。地方离这里不远，是一个叫杜沙莱的饭店。梵高几乎把家里所有的画都拿来挂在墙上。一幅也没有卖掉。在极少的参观者当中，有一个人叫高更。他与高更交换了画作，彼此引为知己。这大概是梵高此次画展上唯一的收获。

三个月后，一八八八年的那个寒冷的春天，梵高离开了巴黎。他离开巴黎，不是愤怒，不是失望，而是悲哀。谁也没想到，仅仅两年之后，他就离开了人世。他去了普罗旺斯的阿尔勒，去了圣雷米的精神病院，去了终将埋葬他的奥维尔小镇。他要去画他的向日葵，画他的星空，画他的麦田了。

铃鼓咖啡馆在“红磨坊”前面不远。咖啡馆早就不在了，现在是一个名叫“秘密”的情趣用品店，大门紧锁着，黑乎乎的橱窗里立着几个身着奇装异服的模特。让人觉得既诡异又悲凉。这是巴黎最让梵高伤心的地方。我是第一次来，大概也是最后一次来。

兜了一大圈，回到我居住的小街巷时，恰好八点钟。这是向医护人员致敬的时间。许多人打开窗户探出身来鼓掌。有人吹起了小号，有人吹响喇叭。在靠近我家门的零楼的一家，大门敞开着，一位男士弹着吉他，一位女士靠着他在深情地歌唱。几乎所有的邻居都站到了窗口，我们的门房和她的丈夫也站到大门外，大家随着歌声的节奏鼓掌，掌声像波浪一样往远方传递过去。窗口有老人，有中年人，也有年轻人，都是一对一对，人人的脸上都带着微笑。在这一刻，沉睡的巴黎好像忽然惊醒过来。

我又想起瘦瘦的，喝着苦艾酒的梵高。那个他醒着的时候，我们睡着的人。那个他睡着了，我们才觉得心痛的人。

2020.05.01

LES ERRANTS
DANS
LES TÉNÈBRES
黑暗中的彷徨者

在凌晨的黑夜里，我走在空无一人的街头。巴黎还有一周解封，我的心情却比任何时候都要沉重。我看到一种更深处的封闭。而这种封闭，不会有人来宣布解除。人们甚至感觉不到这种封闭。

在将近两个月的巴黎封城中，在两万多个死者的面容下，我看不到深刻的反思与批判，似乎每个人、每家媒体都有不可碰触的禁忌。完全听不到伏尔泰、卢梭的声音，也听不到夏多布里昂、雨果、左拉的演说，更听不到萨特、加缪的批判。每天充斥在媒体上的，只有琐碎的提议、忍痛的呻吟、细节的纠缠和一些浮在表面上的质疑。世界像一条巨大的轮船，航行在被病毒的迷雾笼罩的大海上，头顶的星辰黯然无光。病毒显现出的问题，比病毒本身还可怕。然而人们的目光却只会盯着病毒本身。当疫情过去，就立即遗忘。我们要面对的，决不止病毒本身。就像航行在大海之上，穿越的不止是眼前的一阵迷雾。

在这样的深夜出来，我是想寻找比才——这个创作了歌剧《卡门》，又死于《卡门》的孤独者。这个想用自己的爱，撕开时代迷雾的天才音乐家。所有的路灯都亮着，灯下一个人一辆车也没有，晕黄的灯光孤独地显出巴黎的空旷。我只能走到巴黎歌剧院，再往前就超过一公里了。而首次上演《卡门》的巴黎喜歌剧院，就在前面不远的意大利大道上。我呆立在路口，远远地张望着。依稀看到比才绝望的身影正穿过路灯的影子，彷徨在浓浓的夜色之中。

整整花了一年时间，比才写出了歌剧《卡门》。一八七五年三月三日，《卡门》在巴黎喜歌剧院拉开了帷幕。有人在观众当中认出了都德、小仲马。

演出失败了。第二天，评论家们的攻击残酷而恶毒。“这部歌剧没有任何可看之处，伤风败俗。”“这个不断追求肉欲的可怜女人，是一个极为罕见的病例。”“比才先生没有学到任何该学的东西，却不幸地无师自通了许多不该学的东西。”“卡门既无情，又无信仰，也不遵守法制，她的言行举止令人反感和厌恶。”“这部歌剧应该改名叫《令人害怕的爱情》。”

评论界的敌意、同行的虚伪和公众的冷淡，深深地刺伤了因为创作这部歌剧已经心力交瘁的比才。三月的巴黎依然寒冷，比才的心里更是冷如冰窖。他付出心血最多的歌剧，他寄托着最高希望的歌剧，显耀着他全部才华的歌剧，失败了。比才不相信。他在巴黎的街头整整徘徊了一夜。

下了一天的雨，深夜的巴黎透出一股冬天才有的寒气。巴黎的夜从来没有这样冷清过。不知道比才经历的那个夜晚是不是如今天这般寂寞和寒冷。我裹紧衣服，穿过歌剧院右前方的和平咖啡馆，打算绕一圈往回走。这个几乎是巴黎最堂皇的咖啡馆，现在黑灯瞎火，透出一种无可奈何的荒凉。“我们都在阴沟里，但仍有人仰望星空。”说这句话的王尔德，一个因为同性恋而被英国判了两年徒刑的流亡者，是这家咖啡馆的常客。而他的这句话，正是对绝望的比才最好的解读。此刻，在巴黎的上空，有着比才和王尔德同样举头仰望的天空。没有星星，只有乌云。也许，连仰望星空的人都没有。那个艺术中的灿烂的巴黎，正慢慢褪去她的色彩，露出了现实的样子。这里汇聚着来自全世界的自由的利己主义者。巴黎封城前，没有人认为灾难与自己有关，每个人在乎的只有自己的生活。仅仅一个多月前，这里还是怎样的一种喧闹啊。直到巴黎陷入死寂，直到所有人都听到死神的脚步，人们才缩成一团，眼睛里透着恐惧。巴黎是多好的一个舞台，戴着各种各样面具的人都在此表演。这里写着人类自得其乐的卑微和冷若冰霜的自私。

《卡门》的创作透支了比才的体力。对公众愚昧的失望，对精英狡黠苟且的灰心，对媒体浅陋蛮横的厌恶，让比才的身体突然失去了抵抗力，他得了急性呼吸道炎症，一如今天的新冠病毒。在巴黎街头彷徨一夜的三个月之后，比才死了。他所有的激情与力量都留在了绝不屈服的卡门的歌声之中。

几年之后，《卡门》在热那亚歌剧院演出。哈马涅拉舞曲、谢吉第亚舞曲、弗拉明戈音乐，朴实无华又优美高雅的歌剧，打动了台下的尼采。他激动地说：“这真是一部充满灵性、激动人心的杰作。”知道比才已经离开人世，尼采说，这对我是一个沉重的打击。之后，他又看了第二场、第三场，他太爱《卡门》了，竟然看了二十多场。他说：“我每听一次《卡门》，就感到自己更富有哲理，我变成了比平时更优秀的哲学家。”

三十七岁的比才死了，《卡门》从沉默走向永恒，映亮了无数个黑夜里的天空。无数人从中看到自己的怯懦，自己的渴望和血液里涌动的自由。《卡门》像重锤一样击中了人们的心。

“它在残酷命运的重压下喘息，它的幸福短暂、突然而无情。我羡慕比才有这样的勇气去表现这样的感性。”尼采说，“这些短暂幸福的金色下午，对我们的身心多么有益啊。我们极目远眺：我们曾经见过比它更光滑如镜的大海吗？”

天才总是想穿越大海上的重重迷雾，总是想成为头顶天空的星辰，总是想给更多的人带来哪怕是短暂的幸福，他们从不在尘世中苟且地生活，然后慢慢等待黑暗中的死亡。

2020.05.03

先生们的傲慢 CES MESSIEURS ORGUEILLEUX

我在南京大学读书的时候，领教过几位先生的傲慢。有人眼高于顶，从来不正眼看人。有人慷慨激昂，总是睥睨一切。有的先生倔强高傲，显出一股孤绝之气。对他们我都很尊重，而对我影响最大的有三位先生。一位是许志英先生，一位是许结先生，一位是杜骏飞先生，他们一身风骨，在有些人看来，是傲慢，而在我看来，是真正的至情至性。他们身上有一种唤醒的力量。

今天在外面散步时，经过几个曾经在巴黎很热闹的沙龙，我一边走，一边想象着人们在其中高谈阔论的情形。这些沙龙现在当然是大门紧闭。巴黎封城了，所有的聚会都已经取消。还有一周巴黎就要解封，大家对于疫情的恐惧渐渐松懈，跑步、遛狗或者像我这样无所事事地出来走一走的人多起来。病毒在伤害着人们，而孤独也在伤害着人们。大家都想到外面透口气，见见人。不过当彼此相遇时，都自觉地拉开距离。大部分人的脸上都已经戴上了口罩。因为病毒，人们开始害怕同类，人离人更远了。以后也不知道还能不能走近。我忽然想起南大那几位离我遥远的傲慢的先生，然后就想起了雨果的那次沙龙。

一八二九年的七月十日，雨果请了一批作家、诗人和画家，来听他朗读新写的一部戏剧。雨果的家在田园圣母街十一号，屋后有一个罗曼风格的花园，里面有一潭碧水和一座简陋的小桥。再往里，有一个小出口，一直通到美丽的卢森堡公园。

当晚受到邀请的有大仲马、巴尔扎克、梅里美、维尼、缪塞、圣伯夫等等。这样的沙龙在巴黎是寻常的，几乎每天都有。沙龙就是巴黎文化的摇篮，也是大师们的舞台。

雨果脸色苍白，表情阴郁而深邃，用一种威严、庄重的声音朗诵着自己的作品，朗诵到高潮处，眼睛里放出闪电一样的光芒。听众们仰着脸，听得如痴如狂。朗诵完毕，语言的夸赞已经无法表达他们的激动，漂亮的女士连声说“不行了，我要昏倒了”。年轻听众们又跳又嚷，拉着雨果的手大喊“穹窿”“金字塔”“大教堂”。如果你是第一次来这样的沙龙，你将一头雾水，不知所云。这些听上去如同黑话的呓语，是小圈子里对雨果别致的惊叹。在这热烈的欢呼声中，雨果显得自信而强大。可是他的一些朋友们，却生出了另外的情绪。

三十岁的巴尔扎克坐在一个角落里。他胖乎乎的一张脸上挂着笑容，挺着个大肚子，在这个文质彬彬的场合里显得有些粗野。他好不容易开办了一家印刷厂，可是经营不善，去年倒闭了，欠下一笔巨债，害得他东躲西藏了好长时间。现在终于下定决心好好写作。前不久，请朋友帮忙，出版了他人生中的第一本小说《朱安党人》。报纸也发了几篇报道，几乎都是批评。《费加罗报》说“剧情混乱，段落冗长”。《环球报》说他的语言“错误而且充满矫饰”。《软毡帽报》直接说作者“缺乏写作经验”。书只卖了三百本，这让他很受打击。正在沮丧之中，他接到了雨果的邀请。雨果读到了他新出版的小说。

众人对雨果的吹捧，让巴尔扎克很不以为然，同时又因吹捧的不是自己而心如刀绞。于是他坐在那里一言不发。

大仲马先生这一天显得特别激动，雨果刚刚朗诵好，他就一把抱住雨果举了起来，大声喊道：“让我们把你带上荣誉的宝座！”

一年前，大仲马还是奥尔良公爵森林管理处的一个小职员，因为经常躲到管理处放墨水瓶的小屋里写剧本，影响了工作，被开除了。大仲马四处求人，终于在不久前才把这部偷偷写成的剧本搬上了舞台。没想到，《亨利三世及其宫廷》一上演，就获得了很好的反响。大仲马受此鼓励，打算就此投身写作，好好搏一搏。他与雨果都是二十七岁，两个同龄人，一见如故。不过很快，他们就将成为戏剧界的竞争对手了。

高傲的维尼比大仲马和雨果年长五岁，已经是有名的大诗人。他和雨果早就是好朋友，还是雨果的证婚人。他刚刚写好了一部浪漫主义戏剧《威尼斯的摩尔人》，很自得。看大家对雨果不可思议的赞美，心里很不乐意。就在参加完这次朗诵会后的第四天，他也举办了一场。他把同一批人请到了家里，读他的剧本。这就有点比试的味道了。据说他家那次的气氛比较庄严。

梅里美比雨果还小一岁，才二十六岁。虽然人们最熟悉的《卡门》还没有写出来，不过他已经发表了许多小说和诗歌。甚至歌德和普希金都热切地向自己国家的读者介绍他的作品。他和比他年长二十岁的司汤达是至交好友。在他参加雨果沙龙的时候，司汤达正埋首在家写《红与黑》。不过即便司汤达不忙，雨果也不会邀请他。两人不和。这在巴黎的沙龙里已经是公开的秘密。司汤达的《拉辛与莎士比亚》与雨果的《〈克伦威尔〉序》都是浪漫主义文学的宣言。可是人们甚至都不认为司汤达是一个作家，而雨果已经是浪漫主义的领袖。梅里美为了撮合两人，把他们请来家里，还亲自动手做了两个菜。据当时最著名的评论家圣伯夫说，两人见面以后，像屋顶上的两只猫，弓起背，怒目而视，大家不欢而散。司汤达与梅里美慢慢觉得雨果很讨厌。

至于缪塞，这个多年后因为与乔治·桑的爱情轰动巴黎的诗人，才十九岁。他刚刚写出了第一本诗集《西班牙和意大利的故事》。据大仲马说，当缪塞朗诵这些诗歌之时，沙龙里的姑娘们“激动得眼睛眨动，扇子不停地扇着”。不过在雨果的沙龙里，他现在只有喝彩的份儿。

缪塞是个叛逆的人，他诗歌的风格就是反雨果的。他说他对在沙龙里向雨果喝彩还能忍受，可是雨果每周都要让他们陪着去爬一次巴黎圣母院，他受不了。

当时雨果正在构思《巴黎圣母院》，他喜欢爬到圣母院朝北的平台上去看塞纳河上的夕阳，说在这里能找到灵感。可是缪塞只觉得累，一点诗兴也没有。

事实上，雨果喜欢巴黎圣母院，并不是因为那个可以看夕阳的平台，而是巴黎圣母院的形状像一个“H”。这是雨果名字的第一个字母。巴黎圣母院就是他的象征。可是他又在《巴黎圣母院》这本书里，预言了这座伟大的建筑将遭受到一场可怕的大火。

缪塞因为雨果的自大而离开。维尼因为与他争名而疏远。大仲马因为戏剧演出的竞争与他失和。梅里美因为朋友的受伤而淡出。巴尔扎克因为记者的偏袒中伤与他分手。

发生的这一切，如果从雨果身上找原因，就是因为他的傲慢。对此，雨果是这样回答的："有人指责我傲慢。没错，傲慢就是我的力量。"

而这几位离开他的先生，又正是因为自己更加的傲慢而与雨果决裂。他们希望成为自己，他们也因此成就了自己。傲慢只是表象，骨子里是骄傲。

雨果的沙龙早已散去，如今的巴黎变得死气沉沉。所有的咖啡馆、酒吧和餐馆都大门紧闭。我想，南京大概也有过这样的沙龙吧？有的。我曾参加过一次。聚会是南大中文系的老主任许志英先生召集的。在座的有董健、钱林森等七八位先生，都是南京有名的教授，都有值得自傲的资本。只有我是一个无名小子，当晚几乎没说一句话。多年来，许志英先生视我为弟子，我视他为恩师。许先生去世时，我大哭一场。有一次深夜聊天时，他曾对我说："谦恭或者傲慢都不重要，重要的是风骨。内心骄傲的人，才是自由的。"

2020.05.04

L'INCONVENANT CHATEAUBRIAND

不合时宜的夏多布里昂

天渐渐热起来，气温已经超过二十摄氏度。封城两个月来，几乎每天都阳光灿烂。巴黎很少有这样的春天，大多时候，都是阴雨绵绵，令人忧郁。这样难得的好阳光，让关在家中的人们更觉得烦闷。越来越多的人走上大街，仿佛不用等到周一，人们已经自动解封。唯一表明巴黎依然还在封城的，是所有的店铺依然大门紧闭。我走过几家报亭，橱窗里的海报，仍然停留在封城前一天的三月十六日。这让有着洋葱圆顶的小报亭，像是被抛在时光之外的小岛上。事实上，时代已经拐进了一条水流湍急的大河。

有着强烈杀伤力的《鸭鸣报》突然把枪口指向了总统。声称法国驻北京大使早在去年十二月就向马克龙发出了有关新冠病毒危险的警告，而总统对此置之不理。法国外交部昨天进行了婉转否认："在任何情况下，总统都不会直接被告知。"

法国媒体的凶猛是有历史的。我信步往米荷梅尼尔街走去，那里住着法国伟大的文豪夏多布里昂。一千多米的路程，我仿佛是在逆时光的河流而上。离他越来越近，我的心跳似乎也变得急促起来。

“要么做夏多布里昂，要么一事无成。”这是少年雨果的誓言，而多年之后，恰恰是夏多布里昂对他一句无意中的夸奖，使雨果名满巴黎。龚古尔声称：“我愿意拿人之初以来的所有诗篇，来换取《墓畔回忆录》的头两卷。”这本书，是夏多布里昂花了四十年时光打造的文字圣殿。普鲁斯特更是把夏多布里昂的故乡贡堡，用作《追忆似水年华》里自己故乡的名字，以此向他致敬。任何一个法国人向我询问：你最爱戴的法国作家是谁？我都是毫不犹豫地告诉他们：夏多布里昂。我不只是为他优雅庄重的文字所吸引，更为他的“不合时宜”而倾倒。

夏多布里昂比拿破仑年长一岁。在法国，拿破仑政治上有多大的声望，夏多布里昂在文学上就有多大的声望。两个人既惺惺相惜，又相互敌视。在拿破仑的部队横扫欧洲，皇帝的威望如日中天之时，夏多布里昂在他主编的《信使》杂志上写道：“在一片卑鄙的沉寂，只听见奴隶锁链碰撞和告密者噪音的时候，在万物都在暴君面前颤抖，得他宠幸与受他贬黜都一样危险的时候，历史学家肩负民众的复仇重任，挺身而出。”他厌恶拿破仑的专制。

这个声音，就像万籁俱寂中，突然炸响一个惊雷。法国被震动了。杂志在平民中，在沙龙里，在巴黎的大街小巷传阅着。终于，杂志放在了拿破仑的面前。“夏多布里昂以为我是大傻瓜，是吗？”皇帝震怒了，“我要让人把他捉到宫殿的台阶上，乱刀劈死。”

拿破仑没有向夏多布里昂下手，而是花钱把他的《信使》杂志买下了。夏多布里昂拿着这笔钱，在巴黎郊外买了一座荒芜的苹果园，隐居下来。他在这个名为“狼谷”的地方整修花园，栽种树木，建造房屋，并开始了他的那部不朽的《墓畔回忆录》的写作。

经常有人来探看这位高傲的隐居者。有一天，夏多布里昂外出了，狼谷的园丁接待了两位神秘的访客。其中矮一点的是主人。他们参观了花园，还有夏多布里昂写作的八角形塔楼。走的时候，他们给了园丁五个拿破仑金币。园丁认出了那位矮个子先生，正是拿破仑本人。

夏多布里昂对此不置一词，他只在乎自己手中的笔。他独坐在花园中那个孤零零的塔楼之上，手里拿着一支半破的羽毛笔，若有所思地伸进一只细颈瓶去蘸墨水，他要记录一个时代，创造一个世界。在这里，他写出了《殉道者》《从巴黎到耶路撒冷》《摩西》，同时开始了《历史研究》与《墓畔回忆录》的写作。这是伟大的工程，他喜欢伟大。一位叫吉罗代的画家来到狼谷，把这个孤傲的人用画笔画了下来，并将画送到一个著名沙龙的画展上。

拿破仑来了。帝国博物馆的总管知道皇帝讨厌夏多布里昂，特意把他的画像搁到一旁，不让人看到。拿破仑让他挂回去，久久地盯着这幅油画：一头乱发，被狂风吹得竖在头上。一双漂亮的眼睛，充满着蔑视的神情。一双手决然地插在礼服的翻领下面。

“他那样子，”拿破仑微笑着说，“像一个从烟囱里钻出来的阴谋家。”

两人再未相见，也从未和好。一八二一年五月五日，拿破仑在囚禁他的圣赫勒拿岛去世。夏多布里昂悲伤地说：“在希腊的眼中，亚历山大根本没有死，他隐没在巴比伦的壮丽远方。在法兰西眼中，波拿巴根本没有死，他消失在酷热地区的辉煌的天际。他像一个隐士或贱民沉睡在荒僻小路尽头的一个小山谷里。折磨着他的沉寂是伟大的，包围着他的喧闹是广阔的……他在灰烬上休息，这灰烬的重量使地球倾斜。”

这算不算和解呢？

对于夏多布里昂，拿破仑也有自己的评价，他说：“他一无用处。他应该学会做人处事，或者学会服从安排。可惜这两方面他都不会。他不肯听命于我，我也拒绝为他服务。”这是贬低还是赞扬？

夏多布里昂的哥哥和嫂子在法国大革命时被送上了断头台。父亲的遗骨也被从墓中刨出。母亲和姐姐被关进了监狱。自己在英国流亡了七年。他憎恨革命的残暴，又厌恶拿破仑的专制，对于复辟的波旁王朝，他的评价是：“比诸一个不知谁生下来的杂种君主制，我更喜欢民主制。”他总是不合时宜，处处碰壁。因为他的本性是自由、怀疑和批判。

一八四八年二月二十二日，巴黎民众本想举办宴会庆祝华盛顿的生日，受到了政府的禁止。人们纷纷上街游行，要求推翻国王，进行改革。他们高唱《马赛曲》，并在街上构筑工事，点燃杂物，与巴黎国民卫队发生了交火。

二月革命的枪炮声直到七月还在不断地从街上传来。夏多布里昂躺在病床上，徒劳地挣扎着想要站起来：“我要去。”这是他说的最后一句话。

雨果闻讯赶来，看了他最后一眼：夏多布里昂先生躺在一张小铁床上，脚头有两张白木头椅子，大的那张椅子上，摆着《墓畔回忆录》的全部手稿。

夏多布里昂被埋在故乡圣马洛的格朗贝岛上。涨潮时这座小岛与陆地之间的道路会被海水淹没。我去了三次才终于登上了这个小岛。他的墓很简朴，没有一个字的铭文。墓前立着一支花岗岩雕成的粗大的十字架，正对着汹涌咆哮的大海。在山道边的石壁上，刻着两行小字：

“一位伟大的作家安息在这里，他只希望听见海和风的声音。过往的行人，请尊重他最后的愿望。”

2020.05.07

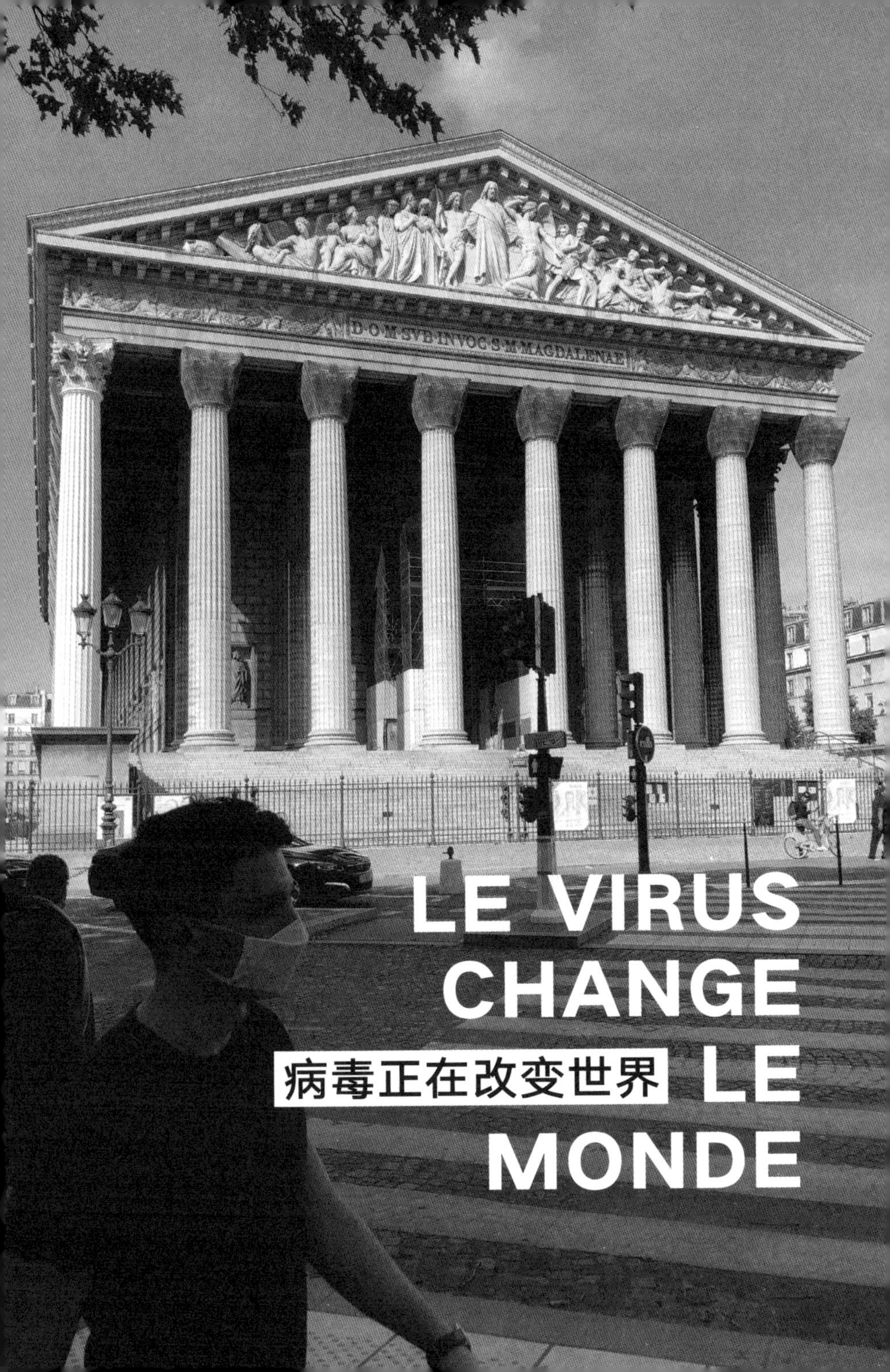

LE VIRUS CHANGE LE MONDE

病毒正在改变世界

巴黎今天解禁了。法国总统把自己推特上的留言从“请留在家中”，改为“请保持谨慎”。在无数人奔上街头欢呼自由的今天，法国又有七十人被病毒夺走了生命。每天不断更新的死亡数字，已经显示为“26 380”。新冠病毒席卷了全世界几乎所有的国家，超过四百万人被感染。病毒正在改变世界。

巴黎封城五十五天之后，我再一次往协和广场走去。一路上的车辆和行人，几乎与封城前一样多。一半的行人戴着口罩，大多数是白色的。也有一些人戴着黑的、蓝的、红的，甚至绣花的口罩。无论怎样艰难的情况下，人们总希望有选择美的自由。也有几位老人戴着政府发放的巨型口罩，几乎把整个头脸都包住了。据说洗过之后，就能缩成普通大小。他们太心急，直接戴在了脸上。公交车上的乘客也多起来，每个人都戴着口罩，所有人的表情都很严肃。地铁站有人背着一个古怪的容器，给人分发洗手液。地铁上的乘客，每个人都很认真地戴着口罩，可是人与人之间不可能完全隔开。人们无声地挤在一起，内心充满着恐惧。

眼镜店、花店、理发店、时装店，相继开放。不过沿街营业的店铺依然是少数。有些店门口写着：未戴口罩，请勿入内。有些药店的橱窗上贴着告示：本店设有新冠专柜。不过大多数店铺里都空空荡荡，很少有顾客。只有面包房门口依然有人在排队，人人自觉拉开一米的距离。或许是面包的香甜让人愉悦，每个人的眼睛里都不自觉地露出了笑意。一些大门紧闭的店门口，或坐或躺着曾经神秘消失、又悄然回来的无家可归者。没有人戴口罩，他们仍然是那样疲倦、沉默和悲伤。

行人们神色紧张，看到有人走来，都会尽力避让。透过车窗看过去，许多司机也戴上了口罩。解禁后是否出门，成了法国人异常纠结的问题。有人说，我害怕每一个擦肩而过的人，看到人我想调头就走。有人说，只有戴两层口罩我才敢出门。有人说，解禁我也要留在家中，我不在乎工作。也有人准备控告政府：强迫公民戴口罩是侵犯人权。更多的人像欢呼新年一样欢呼着这个日子。在我的楼上和隔壁，通宵听到歌唱与碰杯的声音。

路边花圃里的花儿都谢了，春天的确已经过去。街道两旁树木的叶子绿得更苍翠，透出浓浓的生命力，让人心里多了一些振奋。梧桐树又开始了一年一度的飘絮，路上来来往往的行人没有一个抱怨。大家都愿意相信，随着夏天的到来，病毒就会消失。曾经的鼠疫、霍乱、西班牙大流感，不都是这样吗？人类何曾战胜过它们？只是它们来了又走了。它们总会走的。我们唯一能做的，就是在它们走之前，努力地活着。病毒还在外面游荡着，巴黎解禁了，却没有人敢说自己是劫后余生的幸存者。

欧洲各国之间的边界依然关闭着。谁也不敢开放，谁也不知道接下来会发生什么。每个国家都在担心着自己的安全，同时提防着邻居。意大利、西班牙和法国的情况刚刚有所好转，英国、俄罗斯、巴西、美国的情况还在严重恶化。所有的航空公司都在继续推迟航线的开通。每个国家，每个人，都被孤零零地隔绝在外。在全球令人心悸的警报声中，法国的有限开禁，什么问题也说明不了。这个世界上，没有人能独善其身。在这共同的恐惧之下，所有的国家都在思考着改变。

《人类简史》的作者赫拉利说："人民和政府今后几周内做出的决定，或许会在今后很多年内改变世界……风暴必将结束，人类必将继续存在。我们绝大多数人都还活着——但是，我们将生活在一个不同的世界中。"

世界将会怎样？撕裂、孤立、对抗、冷战？还是和解、交融与合作？没有人知道。我站在协和广场的方尖碑下，没有行人，没有游客，只有我一个人。两百多年前，路易十六在这里被推上断头台。随后几年中，七万多人在这里被处死。法国大革命的恐怖改变了法国，也改变了世界。病毒是不是又一场大革命？而这场革命，会给世界带来深重灾难呢，还是会带来伟大的繁荣？

巴黎封城一个多月后，我和翻译家郑鹿年老师商量，在这个时代的转折点上，我们应该听听法国人在想什么。郑老师向几十位法国朋友发出了询问信。昨天晚上，巴黎解禁的前夜，我们把最后一封回信整理结束。每一封回信都让我们感动。他们对这个世界充满着最深的爱，他们的焦虑中满怀着真诚。这是写给我们这个时代的信，也是写给未来的信。

“人所有的不幸都来自于一件事，就是不会待在房间里休息。”当新冠病毒来袭，人们在恐慌中“禁足”，才体会到帕斯卡尔这句名言的深奥哲理。

我们即将“解禁”，小心翼翼地像走出庇护所一样走出家门，去回归社会，重新拥抱生活。此刻，我感觉我们中的一些人变得比从前丰富了、强大了。从某种意义来说，“禁足”提供了一个哲学思考的机会，它使我们有机会摆脱日常生活的喧嚣和急迫，从而与自我保持一定的距离，思索一些关于存在的根本问题。蒙田或许会从中寻得热爱生活的新的方式，古希腊的伊壁鸠鲁会更坚定地享受自由和品味人生。至于加缪，他会剖析治国者所扮演的角色和他们的各种反应，帮助我们参透这场灾祸的深层含义。

在“解禁”之际，我最深刻的体会是：我们每个人每年应该自行“禁足”若干天，以回归万物的理性本原。

白乐桑（Joël Bellassen）
首任法国教育部汉语总督学

在疫情突如其来，形势充满不确定性的情况下，马克龙政府匆促应对，这场考试如果打分的话，只能勉强及格，不过说实话，即使换一个团队，答卷也未必更好。

唉，可爱的法国人，我的同胞们！要限制他们的自由是多么困难。给他们的权利一分不让，多多益善。要他们尽义务、负责任那就对不起了。中国传统里固有的“顾大局，识大体”的观念对他们是陌生的。当然，我说的“他们”也包括我自己。

有一种说法：疫情过后，社会会“大变”，人也会“大变”。我不相信会有什么“新社会”和“新人”，变化肯定会有，但不会是根本性的。谢天谢地！

奥利弗·富尔（Olivier Faure）

巴黎大学教授、国际谈判问题专家

一场大的危机需要反思，但是反思需要时间和空间。所以我目前的想法只是“灵光一闪”。

掌控危机需要威望崇高的“强人”，法国已经没有戴高乐了。当今的民选政府其实并不代表大多数选民。以市级选举为例，当选的市长一般得票率只有百分之六七十，算上没有投票的，那就只有百分之三十。这样的政府有多少号召力呢？在这种情况下，马克龙/菲利普政府的表现也算可以了，反正换了别人也不会比他们强。法国对“违规”满不在乎，政府也强硬不起来。

反观我的祖国希腊，平时人们把规矩当儿戏，开车逆行，偷税漏税，什么都敢干。可是疫情一来，性命攸关，政府变得极其强硬，不仅发布严厉的“禁足令”，而且招募新警察，购置新警车，日夜巡逻，街头巷尾都不放过。结果怎么样？一千万居民，死亡人数只有一百八十人。

前途如何？记得一位美国作家讲过，人类只有通过战争和大灾难才会进步。这次灾难够大吗？我不知道。但是我判断，要不了两三年，资本的冲动还是会占上风，政坛仍然是权力的角逐场，法国人还是个人自由第一，希腊人依然蔑视法规。那么，我们还将等待下一场灾难？

迪米特里·弗洛罗斯（Dimitri Floros）
原法国核能公司法马通（Framatome）高管、
中国大亚湾核电站建设法方负责人

“禁足令”打乱了我钟表般准确的生活规律：去教堂参加各种宗教活动，和文友们聚会交流写作经验。每年春末夏初，我都会独自去法国中部的一个修道院“隐居自省（retraite)”，然后去地中海滨的梅兹小镇避暑。疫情把我关在家里。

不料，几十年来被社交活动挤压的家庭生活获得了充分的空间。据说“禁足”期间夫妻吵架、家庭暴力大幅度增加，我的家里却发生了相反的情况。我从一个终日奔波、不见踪影的“隐形男”变成了须臾不离的“宅男”。我甚至展现了许多从未发现的“特长”：修理洗衣机、电视机。我和妻子居然静静地一起坐在电视前，共同欣赏一些有趣的节目，并交流看法。这可是一种“全新的气象”。可以说，“禁足”使我们重新相爱了。

“禁足”期间，我有时间读了一些多年来搁置案头的好书：陀思妥耶夫斯基的《赌徒》、拉伯雷的《巨人传》等。当然，我还是热切地盼望“解禁”，和子女重新欢聚，和教友重回教堂做弥撒。《圣经》教导我们：“爱自己的同类。”我们将遵守人与人之间的“社交距离”，但是万万不能把别人看作是“潜在的病毒”。

“拜新冠病毒之赐，”我的妻子打趣道，“我度过了两个月的幸福生活，找回了我‘正常的’丈夫。真可惜，我们结婚五十二年来没有‘禁足令’！”

这大概可以算是当代的“恶之花”吧。

雅克 · 彭贡潘（Jacques Boncompain）

版权史专家、历史学家、法兰西学院奖得主

危机如镜。这场前所未有的新冠疫情将法国人自相矛盾的“德性”暴露无遗。经过“启蒙”运动的法兰西人具有强烈的批判精神，同时也养成了他们从不知足、不停抱怨的习性，导致政府无所适从。一方面反对“限制自由”，一方面指责“太过放纵”。人人要求政府采取“果断措施”，然而在“禁足令”面前，许多人并不严格执行，想方设法钻空子。他们高唱“一律平等”，却又强调地区“特殊性”。

法国人拥护民主，但又梦想有强有力的“全能领袖”。

可是一旦出现，他们就会以民主的名义将他推翻。这大概就是民主的悖论吧。

丹尼尔·阿贝尔（Daniel Haber）
太平洋咨询事务所总经理、大学教授

新冠病毒突如其来，一下子把越来越“原子化”、个人利益至上的民众推向了休戚与共的群体。越来越不关心政治，越来越同“国家”疏远的法国人突然感到依赖政府的必要性。

确实，在岁月静好的时候，国家真的“没有用”，无非就是一个救济、纾困的机构，一个领取补贴、奖金的窗口。人们动辄批评执政者“武断”“不公”“无能”“吝啬”。法国人生活在“地中海俱乐部”一样的公民社会里，远离人世间的苦难，再怎么着“保姆”也不会把他们抛弃。

突然间，新冠病毒袭来。社会的作用削弱，国家的作用凸显，政府的权威加强。我们顿然醒悟：社会不仅仅是由“独立、自由”的个体组成的，而且是命运相关、有共同利益的人们的集合体。人的生命成为首要问题，二战以来一直是重中之重的经济退居二线，神圣不可侵犯的个人自由也需要做出让步。

然而，这一以生命超越自由、集体重于个体为特征的“国家的回归”能够持久吗？这仅仅是一时的让步还是群体的觉醒？它将会带来何种后果？国际协作的发展还是民粹情绪的宣泄？凝聚力的加强还是分裂主义的猖獗？大治还是大乱？改革还是革命？法国向何处去？民主制度向何处去？世界向何处去？小小的新冠病毒正在拷问人类。

克罗德·赛里埃（Claude Cellier）
联合国顾问、大学教授

我曾是一个彻底的乐观主义者，相信二十一世纪将是东西方和解、世界趋同的时代。一九九〇年我在布列塔尼的坎佩尔创办了“欧亚管理学院”，就是这一理想的体现。我和郑鹿年先生曾在一起，为此做出了努力和贡献。

可是，近年来国际局势的发展，特别是这次新冠病毒疫情横扫全球，无数志士仁人不懈努力构建的国际合作格局遭到毁灭性的冲击，让我深为忧虑，同时感到茫然。

克里斯蒂娜·欧伟立（Christian Avenard）
坎佩尔地区工商会前总经理

二〇二〇年三月十五日，在新冠疫情已经十分严重的时刻，法国政府依然决定进行市政府第一轮选举，这是一个极其草率、极其不负责任的措施，助长了疫情的扩散。这个事实说明：民主政治正在演变成政客政治，民选政府变成选民的尾巴。

从总统到总理，面对这场严峻的“战争”，经常出尔反尔。

以口罩为例，一会儿说“不必要”，一会儿又说“强烈建议”。说来说去，两个月过去了，人们的口罩还没有着落。难道民主真的是低效的同义词吗？病毒会逼着人们来回答这些问题。

居伊·圣日耳曼（Guy Saint Germain）
跨国航运企业家

十九世纪末，医学的突破性进步使人类大大增强了生存的信心。可是二十一世纪初的新冠病毒一下子摧毁了我们的信心，把人类打回恐惧自然的中世纪，人们纷纷禁足闭户。

与此同时，另一场瘟疫，已经悄然席卷全球，它就是以社交媒体为标志的“信息瘟疫（Infodemic）”。

二〇〇四年“脸书”的问世，标志着世界进入了网络2.0版，即社交媒体时代，无距离、无时差的即时沟通时代。其对于人类的贡献，足可比拟历史上的印刷术、无线电和电视技术。可是它是一把双刃剑，当它迅速蔓延到全世界、全人类，带来的危害也是空前的。它的传播能力，比新冠病毒强千百倍，其危害也更烈。所不同的是，信息瘟疫是“软刀子杀人”，中毒者往往自得其乐。

手指一动，信息就飞向千家万户，天涯海角，无远弗届。人们既是消费者，又是生产者，在每时每刻的狂欢中，处于亢奋状态，不知不觉失去了思考和分辨能力。

社交媒体凭借着“回音箱效应”和“蝴蝶效应”，导致

Fake news（假新闻）充塞网络，各种“阴谋论”不胫而走。在真正危机来临的时候，它蛊惑人心，传播恐慌，撕裂族群，导致冲突。托克维尔所预言的“平等狂”正在网络上肆虐。各种怒气、怨恨无限制地发泄。“禁足”期间，某些社会名流在巴黎的豪宅或乡间别墅里高谈阔论，传到网上，引起大量吐槽，使得“黄马甲”运动凸显的法国社会“上层”和“下层”的对立冲突更为加剧。在地缘政治范畴，社交媒体被用作大国博弈的战略工具，互相“甩锅”，新“冷战”的阴影正向我们逼近。一部小小手机，把各色各样的魔鬼召唤出来，搞得“周天寒彻”，它很可能成为新的世界大战的导火索。

诚然，对抗“伪新闻”的有力武器是信息透明。新近推出的“欧盟对抗伪新闻网”（EU vs Disinfo），用户只要把一条新闻输入，网站就会显示其真伪。但是对于主要依赖社交媒体获得、交流信息的青年人，一切努力都是苍白的。

亨利·布吕纳蒂耶（Henri Brunetière）

历史档案学家

（由于篇幅所限，本文选择了部分信件进行摘录引用。以上信件内容，均由郑鹿年先生翻译。）

2020.05.11

补篇
SUPPLÉMENT

她在冰冷中失踪
ELLE
DISPARAÎT
DANS
LE FROID

迪亚海（Diary Sow）失踪了。

这个被塞内加尔人称为“小妹妹”的女孩，是塞内加尔的骄傲，她才二十岁。

她是二〇一七年塞内加尔的科学小姐，是二〇一八年、二〇一九年全国最佳学生。而这些桂冠，以前总是属于男生。二〇一九年，她以全国第一名的成绩，被法国著名的路易大帝中学物理化学预科班录取。这是她的荣耀，也是塞内加尔的荣耀。

她还是一个作家，我在巴黎不止一次见过她。

她很少说话，沉着而温和。可是这么一个女孩，突然就失踪了。十多天来，没有人知道她去了哪里。

所有塞内加尔人都陷入焦虑与痛苦当中。她的失踪，引发了塞内加尔国家动员。他们在巴黎寻找了八十多家医院，数百条大街小巷，哪里都没有迪亚海的踪迹。

一百二十五名塞内加尔学生，在路易大帝中学和十三区她宿舍附近散发着传单。冬日的寒风下，每个人的眼睛里都噙着泪水。

正是因为迪亚海的优秀，许多女童才得到上学的机会。正是因为她的非同一般，塞内加尔女孩的地位才得以迅速上升。在她的国家，这个贫困家庭里成长出的小姑娘，因为她的聪慧和勤奋，已经成为一颗闪亮的星星。人人都为她骄傲。

大使馆的官员时常来学校探望她，把她当成国家的宝贝。她知道自己受到怎样的关注，她仍然那么低调，仿佛别人传说的是另一个人。她总是淡淡地笑着，一有时间就躲在学校附近那个古老的图书馆读书。她在巴黎过得不好。可是她不跟人说。

“迪亚海，毕业之后，你会留在巴黎吗？”

“不，我要回塞内加尔。我们是一个很小的国家，我们的人才很少，每一个留学生都很宝贵。”

迪亚海完全不熟悉巴黎预科班的教学方式。她听不懂，也跟不上。她开始在课堂上写她的小说。她已经在塞内加尔出版过一部小说。

“迪亚海，你这么喜欢写作，为什么不读文科呢？”

“我们塞内加尔更需要工程师。”

“可是，也许你在巴黎写下去，会成为一个大作家呢。”

迪亚海腼腆地笑着：“我会是一个写小说的工程师。”

从十三区的宿舍到路易大帝中学，有很长一段路。她总是走着去上学。书包很重。她一次次变换着不同的路线去上学。她对路边的每一家店铺都饶有兴致。她一边快步走着，一边打量着，像要把巴黎的小街小巷，一一绘画在自己的大脑中。在塞内加尔，她还是一个小小的画家。她的内心浪漫奔放，可是又是这样的乖巧自制。

理科，真的不适合她。她被不擅长的一门门学科挤压得喘不过气来。可是所有塞内加尔人，都以为他们的小妹妹，学业轻松愉快，很快就能成为一个优秀的工程师，甚至是一个科学家。因为在塞内加尔，她永远都是第一名。

二〇二〇年的春天，新冠病毒席卷法国，巴黎封城。原本与她要好的两个朋友，一个休学，一个回家。她更加孤独了。就在巴黎封城中的四月，她的父亲去世了。

迪亚海一个人挺过了巴黎的第一次封城，又默默承受着丧父之痛。路易大帝中学的同学，每个人都生存在巨大的压力之下，实在没有余力去关心另一个人。老师们在意的，也只是他们的成绩。虽然所有人都知道，在路易大帝中学，即便是最后一名，只要坚持下去，也能成为一名好的工程师。这是许多人无比羡慕的。可是，每次考试过后，老师照成绩念着名单，排在最后的，总会深陷痛苦。他们都曾是在自己的学校享受荣耀的人，他们要有比别人更强大的心，才能抵御这样的挫折。

二〇二〇年的日子一天比一天灰暗。十月三十日，巴黎第二次封城。至今巴黎还在宵禁之中。没有人知道，迪亚海一个人是怎么度过这可怕的一天又一天的。二〇二一年一月四日，迪亚海消失了。她在寒冷的小雨中离开宿舍，一去不返。

她住在学生宿舍，出门进门的时间都被掌握，管理一向很严；她的预科班，一个班的同学总在一起上课，老师和同学第一时间就会发现少了一人。可是一个星期之后，学校才发现她失踪。在巴黎，没人在意她。在巴黎，谁也不在意谁。

可是一千多万塞内加尔人在意。所有人都在打探，所有人都在寻找。迪亚海，已经连续几天占据着塞内加尔媒体的头条，法国《世界报》也刊发出长篇报道。社交网络上，迪亚海的同胞焦急地发帖找人，无数人在出谋划策，无数人在惋惜祈祷，无数跟帖中，同时夹杂着许多刺耳的声音：“如果是白人失踪会这么兴师动众吗？”“她这个年纪，在塞内加尔早嫁人了！”这样的声音，从来不会消失。热泪之中总有冷血，寻常之处总会露出狰狞。总有一些人满怀着绝望与仇恨，尽力去刺痛另一些善良敏感的心。

迪亚海不见了。多少闪亮的星星，都曾无声无息地熄灭在巴黎。迪亚海不会。我希望，她只是躲了起来。她不想做那个别人以为的自己。她想做真实的自己。其实，每个人都曾想过逃离。每个人都想象过，做另一个自己会是什么样子。只有很少的人会真正去做。也许，聪明的迪亚海，这一次只是不声不响地去做了。

迪亚海，如果有一天你愿意，你再给我读读你的小说吧。也许，你已经写出了你最想写的那一部。

2021.01.21

ET APRÈS

后来……

“我还活着，我身体很好，我是自己消失的。”塞内加尔的小妹妹迪亚海，在失踪了十七天之后，托她的密友捎来一个口信，“请给我时间。也许是一个月，也许是一年，也许更久，我一定给你们一个解释。”

她连续两年，在塞内加尔总统亲自主持的考试上获得第一名。她被教育部长收为教女。她是塞内加尔人心目中未来的科学家。可是迪亚海，这个二十岁的女孩，她拒绝了这一切。她消失了。

父亲是她唯一的知己。父亲是达喀尔南边一个小村子里的糕点师，在半年前突然去世。父亲去世的时候，巴黎正在第一次封城当中，所有的街道都极其安静。所有人都在孤独当中。迪亚海，成了最孤独的那一个。

没人看到迪亚海有什么变化。没有人想到要看她。巴黎就是这样，每个人都是一粒孤立的原子。迪亚海总是那样孤僻。一个人上学，一个人放学，一个人在食堂吃饭。她总是安安静静地坐在教室的第一排。面前放着她那本厚厚的、边角已经起毛的大本子。她在大本子上记着每门功课的笔记。或者用铅笔在上面写小说。许多课她都听不懂，她还是坚持了两年。只有和她一起坚持过的人，才懂得这是多难，多可怕。这是法国最好的预科学校。只要不离开，就会一直走在那张早已铺好的红地毯上。

迪亚海不喜欢这一切，可是她什么也不说。她总是微笑着。她的微笑是优雅的，是客气的，是有分寸的。你问她的每一个问题，她都带着这样的微笑，思维清晰，极为准确地告诉你。因为要保持这样的清晰，她的语速很慢，她要深思熟虑。即便你跟她讲一个好笑的笑话，她的笑也是适度的。她从来不让自己放肆，哪怕一次。她用这样的方式，跟所有人保持一个恰当的距离。她从不主动找人聊天。她活在自己的世界里。她的脸上，永远保持着她那克制的微笑。

然后，她突然就消失了。有人说在波尔多见过她。有人说，她就没离开巴黎。有人说，她去了瑞士的乡下。甚至有人猜测，她是去了地中海上的某座小岛。没有人知道她确切在哪里。她托密友带来的，只有她还活着的一些细微的证据。

“她还活着，她身体很好。”一个女孩对《巴黎人报》说。她是迪亚海在巴黎的密友：“应该给她平静。”

迪亚海去了哪里？人们纷纷找来她那本《在天使的面孔下》。这是她二〇一九年出版的小说，人们相信在这本书里，留有答案。这是她出版的第一部小说。厚厚一本，有三百一十七页。书里的主人公是一个优秀的女孩，叫阿涅。她出走了。

“我要把所有的禁忌都踩在脚下。我要走出已经被无数人踏过的小径。我拒绝规则，所有规则的设计，都是为了一成不变。我想无拘无束地活着。之前我只看到生活中遗憾的一面，现在，我已经到了去享受快乐的时间。轮到我了，无论之后将会有多大的牺牲。”

这是阿涅说的。这是迪亚海说的。

身处风暴之中，他们张望着未来。

图书在版编目(CIP)数据

寂静的巴黎 / 申赋渔著. -- 海口 : 南海出版公司,
2021.10

ISBN 978-7-5442-9517-8

Ⅰ. ①寂… Ⅱ. ①申… Ⅲ. ①故事-作品集-中国-
当代 Ⅳ. ①I247.81

中国版本图书馆CIP数据核字(2021)第156820号

寂静的巴黎
申赋渔 著

出　　版　南海出版公司　(0898)66568511
　　　　　海口市海秀中路51号星华大厦五楼　邮编 570206
发　　行　新经典发行有限公司
　　　　　电话(010)68423599　邮箱 editor@readinglife.com
经　　销　新华书店

策划编辑　第五婷婷
责任编辑　黄宁群
特邀编辑　李　珊　白　芸　吕宗蕾
营销编辑　李筱竹　王　靖　张　典
装帧设计　朱赢椿　羊小方
内文制作　田晓波

印　　刷　北京富诚彩色印刷有限公司
开　　本　850毫米×1168毫米　1/32
印　　张　8.5
字　　数　175千
版　　次　2021年10月第1版
印　　次　2021年10月第1次印刷
书　　号　ISBN 978-7-5442-9517-8
定　　价　49.00元